NUNCA JAMAIS
parte três

Obras da autora publicadas pela Editora Record:

Série Slammed
Métrica
Pausa
Essa garota

Série Hopeless
Um caso perdido
Sem esperança
Em busca de Cinderela

Série Nunca, jamais
Nunca, jamais
Nunca, jamais: parte 2
Nunca, jamais: parte 3

Série Talvez
Talvez um dia
Talvez agora

Série É Assim que Acaba
É assim que acaba
É assim que começa

O lado feio do amor
Novembro, 9
Confesse
Tarde demais
As mil partes do meu coração
Todas as suas (im)perfeições
Verity
Se não fosse você
Layla
Até o verão terminar
Uma segunda chance

Colleen Hoover
Tarryn Fisher

NUNCA JAMAIS

parte três

Tradução de
PRISCILA CATÃO

11ª edição

— *Galera* —
RIO DE JANEIRO
2025

CIP-BRASIL. CATALOGAÇÃO NA PUBLICAÇÃO
SINDICATO NACIONAL DOS EDITORES DE LIVROS, RJ

H759n
11ª ed.
Hoover, Colleen
  Nunca jamais: parte 3 / Colleen Hoover, Tarryn Fisher; tradução de Priscila Catão. – 11ª ed. – Rio de Janeiro: Galera Record, 2025.

  Tradução de: Never never: part III
  Sequência de: Nunca jamais: parte 2
  ISBN 978-85-01-11644-4

  1. Ficção americana. I. Fisher, Tarryn. II. Catão, Priscila. III. Título.

19-54939

CDD: 813
CDU: 82-3(73)

Meri Gleice Rodrigues de Souza – Bibliotecária – CRB-7/6439

Título original:
Never never: part III

Copyright © 2016 by Colleen Hoover and Tarryn Fisher

Todos os direitos reservados. Proibida a reprodução, no todo ou em parte, através de quaisquer meios. Os direitos morais do autor foram assegurados.

Texto revisado segundo o novo Acordo Ortográfico da Língua Portuguesa.

Adaptação de capa: Renata Vidal

Direitos exclusivos de publicação em língua portuguesa somente para o Brasil adquiridos pela
EDITORA RECORD LTDA.
Rua Argentina, 171 – Rio de Janeiro, RJ – 20921-380 – Tel.: (21) 2585-2000, que se reserva a propriedade literária desta tradução.

Impresso no Brasil

ISBN 978-85-01-11644-4

Seja um leitor preferencial Record
Cadastre-se no site www.record.com.br
e receba informações sobre nossos lançamentos e nossas promoções.

Atendimento e venda direta ao leitor
sac@record.com.br

Para Jo Popper

1
Charlie

A primeira coisa que percebo é a forte batida dentro do peito. É tão rápida que dói. Por que um coração precisaria bater tão intensamente assim? Respiro fundo e abro os olhos ao expirar.

Então, caio para trás.

Por sorte estou numa cama, então caio sobre um colchão. Rolo para longe do homem que me encara atentamente e me levanto. Semicerro os olhos em sua direção enquanto recuo. Ele me observa, mas não se mexe. Isso tranquiliza um pouco a forte batida no meu peito. *Um pouco.*

Ele é jovem. Não é exatamente um homem adulto, talvez esteja no fim da adolescência ou com uns vinte e poucos anos.

Sinto vontade de sair correndo. Uma porta... preciso achar uma porta, mas se eu desviar os olhos, ele pode...

— Quem é você? — pergunto.

Isso pouco me importa, só preciso distrai-lo enquanto tento achar uma maneira de dar o fora daqui.

Ele fica quieto por um momento enquanto me analisa.

— Estava prestes a perguntar a mesma coisa — diz.

A voz faz com que eu pare de me esgueirar para longe por alguns segundos. Ela é grave... calma. Profundamente calma. Talvez eu esteja exagerando. Tento responder; afinal, é o mais sensato a se fazer quando lhe perguntam quem você é. Mas não consigo.

— Perguntei primeiro — rebato.

Por que minha própria voz soa tão estranha? Levo a mão até a garganta e a apoio ao redor do pescoço.

— Eu... — hesita. — Não sei?

— Não sabe? — repito, sem acreditar. — Como não sabe?

Avisto a porta e me aproximo, sem tirar os olhos daquele homem. Ele está de joelhos na cama, mas parece ser alto. Os ombros são largos, fazem com que a camiseta que está usando fique esticada. Se ele vier para cima de mim, duvido que eu consiga me defender. Meus punhos parecem pequenos. *Parecem* pequenos? Por que não sei se meus punhos *são* pequenos?

Resolvido. Preciso fazer isso.

Lanço-me em direção à porta. São apenas alguns metros de distância, e se conseguir abri-la, posso sair para procurar ajuda. Enquanto corro, solto um grito horripilante, de doer os tímpanos. Agarro a maçaneta e olho para trás, para ver onde ele está.

Está no mesmo lugar, de sobrancelhas erguidas.

— Por que está gritando? — indaga, e isso me faz parar.

— Por que... por que não está me perseguindo?

Estou bem na frente da porta. Tecnicamente, posso abri-la e sair correndo daqui antes mesmo que ele saia da cama. Ele sabe disso, *eu* sei disso, então por que não está tentando me deter?

O rapaz passa a mão pelo rosto e balança a cabeça, suspirando profundamente.

— Como você se chama?

Abro a boca para dizer que não é da conta dele, e então percebo que não sei. Não sei qual é a droga do meu nome.

Nesse caso...

— Delilah.

— *Delilah?* — repete.

Está bem escuro, mas posso jurar que ele está sorrindo.

— Sim... não gostou?

Balança a cabeça.

— Delilah é um ótimo nome – diz. — Escute... *Delilah*. Não sei exatamente o que estamos fazendo aqui, mas bem atrás da sua cabeça tem um pedaço de papel colado na porta. Pode pegar e ler?

Tenho medo de que ele me ataque quando eu me virar, então estendo a mão para trás e tateio, destacando o pedaço de papel da porta e posicionando-o em frente ao rosto.

Charlie! Não abra esta porta ainda! O cara que está no quarto com você... pode confiar nele. Volte para a cama e leia todos os bilhetes. Isso vai esclarecer tudo.

— Acho que é para você — concluo. — Seu nome é Charlie?

Olho de novo para o rapaz na cama, que também está lendo algo. Ele levanta o olhar e estende um pequeno retângulo branco na minha direção.

— Veja isso — diz.

Dou um passo em sua direção, depois outro, e então mais um. É uma carteira de motorista. Observo a foto e, depois, o rosto dele. É a mesma pessoa.

— Se seu nome é Silas, quem é Charlie?
— *Você*.
— *Eu*?
— Sim — afirma, então alcança uma folha de caderno sobre a cama. — É o que diz aqui.

Ele estende o papel para mim, e devolvo a carteira de motorista.

— Charlie não é nome de menina — afirmo.

Começo a ler e esqueço todo o resto, deixando o corpo cair pesadamente na beira da cama ao me sentar.

— Que loucura é essa?

O tal do Silas também está lendo. Os olhos percorrem o papel que está segurando. Eu o observo sorrateiramente enquanto lê, e isso faz com que meu coração bata um pouco mais rápido.

Continuo lendo e fico cada vez mais confusa. Os bilhetes foram supostamente escritos por mim e por esse cara, mas nada faz sentido. Enquanto leio, pego uma caneta que está por perto e copio o papel que encontrei na porta, para ver se *realmente* fui a responsável por escrevê-lo.

A caligrafia é exatamente a mesma.

— Ei, ei, calma aí! — exclamo. — Isso é loucura!

Coloco a folha na cama e balanço a cabeça. Como isso pode ser verdade? É como se estivesse lendo um romance. Lembranças perdidas, pais que traíram as famílias, vodu. *Meu Deus*. De repente, fico com vontade de vomitar.

Por que não consigo lembrar quem sou? Nem o que fiz ontem? Se o que esses bilhetes dizem for verdade...

Estou prestes a falar isso quando Silas me entrega outra folha de papel.

> *Você só tem 48 horas. Não se concentre no motivo pelo qual não consegue se lembrar das coisas, nem em como tudo isso é estranho. Tente resolver o problema antes que se esqueça novamente.*
>
> *— Charlie*

É minha letra de novo.

— Sou convincente — constato, ao que Silas concorda com a cabeça. — Então... onde estamos?

Viro-me na direção oposta e percebo a refeição recém-comida na mesa. Silas aponta para um papel dobrado sobre a mesa de cabeceira. Um hotel. Em Nova Orleans. *Maravilha*.

Estou me aproximando da janela para dar uma olhada lá fora quando escuto alguém bater à porta. Nós dois ficamos paralisados, então olhamos na direção do barulho.

— Quem é? — grita Silas.

— Sou *eu*! — responde uma voz.

Silas gesticula para que eu vá para o outro lado do quarto e me afaste da porta. Não obedeço.

Só me conheço há alguns minutos, mas já deu para perceber que sou teimosa.

Silas destranca o ferrolho e abre apenas uma fresta, por onde aparece uma cabeça marrom e descabelada.

— Oi — cumprimenta o garoto. — Voltei. São 11h30 em ponto, exatamente como me instruiu.

Ele está com as mãos dentro dos bolsos, o rosto, vermelho, como se tivesse corrido. Desvio o olhar para Silas e, então, volto a encarar o menino na porta. Eles são parecidos.

— Vocês se conhecem? — pergunto.

A versão mais jovem de Silas faz que sim.

— Somos irmãos — afirma, elevando a voz enquanto aponta para Silas e depois para si mesmo. — Sou seu irmão — diz, olhando para ele.

— É o que você diz — ironiza Silas, um leve sorriso no rosto.

Ele lança um olhar para mim e se vira novamente para o garoto.

— Posso dar uma olhada na sua identidade?

O rapaz revira os olhos, mas tira uma carteira do bolso da calça.

— Gostei dessa revirada de olhos aí — brinca Silas, enquanto abre a carteira do rapaz.

— Como se chama? — pergunto.

Ele inclina a cabeça, semicerrando os olhos para mim.

— *Landon* — responde, em tom de quem diz o óbvio. — O mais bonito dos irmãos Nash.

Dou um leve sorriso enquanto Silas analisa a identidade de Landon. Posso ver em seus olhos que é um bom rapaz.

— Então — digo, olhando para Silas. — Você também não sabe quem é? E estamos tentando entender isso juntos? E a cada 48 horas esquecemos tudo de novo?

— Pois é — confirma. — Parece que é isso.

Isso me parece um sonho, não a realidade.

É aí que a ficha cai. *Estou sonhando.* Caio na risada, e, na mesma hora, Landon me entrega uma sacola. Acho que minha reação o pegou de surpresa.

— O que é isso? — pergunto, abrindo a sacola.

— Você me pediu para trazer uma muda de roupa.

Olho para a camisola que estou usando e, depois, para as roupas.

— Por que estou vestida assim?

Ele dá de ombros.

— Era o que estava usando ontem quando meu irmão a encontrou.

Silas abre a porta do banheiro para mim. As roupas estão com etiquetas, então as arranco e começo a me trocar. É uma blusa preta bonitinha de manga longa e uma calça jeans que cai como uma luva em mim. *Quem ganha roupas novas nos sonhos?*

— Estou amando este sonho! — grito do banheiro.

Quando termino de me trocar, abro a porta e bato palmas.

— Beleza, garotos, vamos nessa. Para onde vamos?

2

Silas

Dou uma rápida conferida no quarto de hotel enquanto Charlie e Landon saem. Pego o saco de lixo vazio da lixeirinha que há embaixo da mesa, então enfio os nossos bilhetes dentro dele. Após me certificar de que peguei todos, vou atrás dos dois.

Charlie ainda está sorrindo quando chegamos ao carro. Realmente acha que isso é um sonho, e não tenho coragem de dizer que não, não é um sonho. Na verdade, é um pesadelo, e temos vivido nele há mais de uma semana.

Landon entra no carro, mas Charlie espera por mim perto da porta traseira.

— Quer ir na frente com seu *irmão*? — pergunta, fazendo aspas com os dedos.

Balanço a cabeça, estendendo o braço ao redor dela para abrir a porta.

— Não, pode ir na frente — afirmo, e seguro seu braço quando começa a se virar. Então, me aproximo de seu ouvido e sussurro: — Você não está sonhando, Charlie. Isso é real. Tem alguma coisa acontecendo com a gente. Você precisa levar isso a sério para podermos resolver tudo, ok?

Quando me afasto, seus olhos estão arregalados. O sorriso desaparece, e ela não assente. Apenas entra no carro e fecha a porta.

Sento-me no banco traseiro e tiro o celular do bolso. Há a notificação de um lembrete, que logo abro.

> *Vá primeiro até a delegacia. Recupere a mochila, então leia todos os bilhetes e trechos de diários que conseguir... o mais rápido possível.*

Fecho o lembrete, sabendo que vou receber mais uns cinco desses nas próximas duas horas. Sei disso porque... lembro de criar cada um deles na noite passada.

Lembro de escrever todos os bilhetes que estão no saquinho de lixo de hotel que estou segurando com firmeza.

Lembro de segurar o rosto de Charlie bem na hora em que o relógio marcou onze horas.

Lembro de sussurrar *nunca jamais* para ela, logo antes de beijá-la.

E lembro que, dez segundos depois que nossos lábios se encostaram... ela se afastou e não fazia ideia de quem eu era. Não tinha qualquer lembrança das últimas 48 horas.

No entanto... eu me lembrava de cada minuto dos últimos dois dias.

Simplesmente não consegui contar a verdade. Não quis assustá-la, e fazer com que achasse que eu estava na mesma situação me pareceu a opção mais tranquilizadora.

Não sei por que não me esqueci desta vez, nem por que ela se esqueceu. Devia ter ficado aliviado por perceber que essa confusão parece ter acabado para mim, mas não me sinto nem um pouco assim. Estou decepcionado. Preferia ter perdido a memória de novo a vê-la passar por isso sozinha. Pelo menos, quando estávamos passando por isso juntos, sabíamos que conseguiríamos resolver juntos.

Acabou o que parecia ser um padrão, e isso me dá a sensação de que vai ser ainda mais difícil solucionar tudo. Por que fui poupado desta vez? Por que ela não foi? Por que não consigo ser sincero com ela? Será que sempre carreguei tanta culpa assim?

Ainda não sei quem sou, nem quem eu era. Só tenho as últimas 48 horas para me basear, e não é muita coisa. Ainda assim, é melhor do que a meia hora de memória que Charlie tem.

Eu deveria ser sincero, mas não consigo. Não quero que fique assustada, e sinto que o único consolo que tem no momento é saber que não está passando por isso sozinha.

Landon não para de lançar olhares para nós. Sei que ele acha que perdemos a cabeça, e *realmente* perdemos, mas não da forma como está pensando.

Gosto dele. Não sabia se iria aparecer hoje de manhã como pedi, pois continua duvidando de nós. Gosto de ver que, apesar de desacreditar, sua lealdade é mais forte do que a razão. Tenho certeza de que pouquíssimas pessoas têm essa qualidade.

Passamos quase todo o caminho até a delegacia em silêncio, até que Charlie se vira para Landon e lança um olhar fulminante em sua direção.

— Como sabe que estamos falando a verdade? — indaga.
— Por que cairia nesse papo se não tivesse algo a ver com o que aconteceu com a gente?

Ela está suspeitando mais dele do que de mim.

Landon agarra o volante e me espia pelo retrovisor.

— *Não* sei se estão falando a verdade. Para mim, estão apenas me sacaneando. Noventa por cento de mim acha que estão mentindo e que não têm nada melhor para fazer. Cinco por cento acha que talvez estejam falando sério.

— Isso dá só noventa e cinco por cento — contesto.

— É porque nos outros cinco por cento acho que *eu* enlouqueci — esclarece, e Charlie ri de seu comentário.

Chegamos à delegacia, e Landon encontra uma vaga. Antes de desligar o carro, Charlie pergunta:

— Só para deixar claro, o que preciso dizer? Que vim buscar minha mochila?

— Vou entrar com você — sugiro. — O bilhete dizia que todos achavam que você havia desaparecido e que suspeitavam que eu estivesse envolvido. Se entrarmos juntos, não terão mais nenhum motivo para investigar.

Ela sai do carro e, enquanto entramos na delegacia, sugere:

— Por que simplesmente não contamos a eles o que está acontecendo? Que não conseguimos nos lembrar de nada?

Paro com a mão na porta.

— Porque, Charlie, nos bilhetes dissemos especificamente para *não* fazermos isso. Prefiro confiar em versões de nós mesmos de que não nos lembramos do que em pessoas que sequer conhecemos.

— Tem razão — assente, inclinando a cabeça de lado. — Será que você é inteligente?

O comentário me faz soltar uma risada tímida.

Não há ninguém na recepção por onde entramos. Aproximo-me de uma divisória de vidro e não vejo qualquer pessoa do outro lado. Mas há um interfone, então aperto o botão ao lado dele e escuto seu crepitar ao ligar.

— Oi? Tem alguém aqui?

— Estou chegando! — grita uma mulher.

Após alguns segundos, ela surge atrás da mesa, e seus olhos parecem assustados ao nos ver.

— Charlie? — pergunta.

Charlie assente, esfregando as mãos nervosamente.

— Isso — diz. — Vim buscar minhas coisas. Uma mochila.

A mulher encara Charlie por alguns segundos, e seu olhar pousa sobre as mãos dela. A postura de Charlie sugere nervosismo... como se estivesse escondendo algo. A moça diz que vai ver o que consegue fazer, então dá a volta pela mesa e desaparece.

— Tente relaxar — sussurro para Charlie. — Não dê a impressão de que estou coagindo você. Eles já suspeitam de mim.

Charlie une as mãos à frente do peito, assente e leva o dedão até a boca. Então, começa a mordê-lo.

— Não sei como parecer relaxada — confessa. — Não estou *nada* relaxada. Estou confusa pra caramba.

A mulher não retorna, mas uma porta à nossa esquerda se abre e dela surge um policial fardado. Ele olha para Charlie e, em seguida, para mim. Então, gesticula para que o acompanhemos.

Ele entra numa sala e senta atrás de sua escrivaninha. Aponta com a cabeça para as duas cadeiras vagas, onde nos sentamos. O homem não parece nada satisfeito quando aproxima o corpo de nós e pigarreia.

— Sabe quantas pessoas estão procurando por você nesse momento, mocinha?

Charlie congela. Posso sentir a confusão emanando dela. Sei que ainda está tentando entender o que aconteceu na última hora, então respondo por ela.

— Sentimos muito — digo a ele.

Os olhos do policial continuam focados em Charlie por mais alguns segundos, então se voltam para mim.

— Tivemos uma discussão — continuo. — Charlie decidiu sumir por alguns dias para assimilar tudo. Não sabia que seria procurada, nem que informariam seu desaparecimento para a polícia.

O policial parece estar entediado comigo.

— Agradeço por ter respondido por sua namorada, mas quero ouvir o que a Srta. Wynwood tem a dizer. — Ele se levanta, agigantando-se sobre nós, e gesticula para a porta. — Espere lá fora, Sr. Nash. Quero falar com ela a sós.

Merda.

Não quero deixá-la sozinha com ele. Hesito, mas Charlie pousa a mão sobre meu braço para me tranquilizar.

— Está tudo bem. Espere lá fora — pede.

Observo-a atentamente por alguns segundos, mas ela parece confiante. Levanto, exagerando um pouco na força, e a cadeira faz um chiado terrível enquanto recua. Não olho novamente para o policial. Apenas saio, fecho a porta e começo a andar de um lado para o outro do saguão.

Charlie ressurge alguns minutos depois com uma mochila no ombro e um sorriso convencido no rosto. Sorrio de volta, com a certeza de que nunca deveria ter achado que seria derrotada por seu próprio nervosismo. É a quarta vez em que começa do zero, e parece ter se saído bem das outras vezes. Por que seria diferente agora?

Desta vez, ela não se senta no banco da frente. Quando nos aproximamos do carro, sugere:

— Vamos juntos para podermos ver o que tem aqui.

Landon já está irritado por achar que nossa suposta pegadinha está durando tempo demais e que agora estamos o obrigando a ser nosso motorista.

— E aí, para onde vamos? — questiona.

— Dirija um pouco até resolvermos para onde queremos ir — peço a ele.

Charlie abre o zíper da mochila e começa a mexer lá dentro.

— Acho que devíamos ir até a prisão — pontua. — Talvez meu pai tenha alguma explicação.

— De novo? — interpela Landon. — Silas e eu tentamos isso ontem. Não nos deixaram falar com ele.

— Mas sou a filha dele — argumenta, lançando-me um olhar como se pedisse silenciosamente a minha aprovação.

— Concordo com Charlie. Vamos ver o pai dela.

Landon suspira pesadamente.

— Não vejo a hora de isso acabar — resmunga, virando à direita na saída da delegacia. — Que ridículo — murmura.

Ele estende o braço e aumenta o volume do rádio para nos silenciar.

Começamos a tirar as coisas da mochila. Há duas pilhas diferentes de objetos que lembro de preparar dois dias atrás, quando comecei a mexer nessas coisas pela primeira vez. Uma delas é útil para nós, a outra não. Entrego a Charlie os diários e começo a mexer nas cartas, torcendo para que ela não perceba que estou pulando as que sei que já li.

— Todos esses diários estão cheios — constata, folheando-os. — Se escrevi tanto, e com tanta frequência, não deveria haver um diário atual? Não estou conseguindo achar o deste ano.

Ela tem um bom argumento. Quando estive no sótão de sua casa para pegar esses itens, não percebi nada que parecesse estar usando no momento. Dou de ombros.

— Talvez não o tenhamos visto quando fomos pegar essas coisas.

Ela se inclina para a frente e fala mais alto do que a música.

— Quero ir para minha casa — pede a Landon.

Charlie recosta-se novamente no banco, agarrando a mochila junto ao peito. Ela para de remexer nas cartas e diários e fica apenas olhando pela janela enquanto nos aproximamos de seu bairro.

Quando chegamos ao nosso destino, ela hesita antes de abrir a porta do carro.

— É aqui que moro? — pergunta.

Sei que não estava esperando por isso, mas não posso tranquilizá-la nem alertá-la a respeito do que vai encontrar lá dentro, pois ainda acha que também perdi a memória.

— Quer que eu entre com você?

Charlie nega com a cabeça.

— Não deve ser uma boa ideia. Os bilhetes diziam que é melhor você ficar longe da minha mãe.

— É verdade — respondi. — Bem, eles diziam que encontramos isso tudo no sótão. Talvez seja bom dar uma olhada no seu quarto desta vez. Se estivesse escrevendo em algum diário atualmente, ele deve estar perto de onde dorme.

Ela assente, sai do carro e começa a andar na direção da casa. Fico observando-a até entrar.

Vejo que Landon está me encarando com desconfiança pelo espelho retrovisor. Evito fazer contato visual com ele. Sei que já não acredita em nós dois, mas se descobrir que tenho as lembranças das últimas 48 horas, vai ter *certeza* de que estou mentindo... e vai parar de nos ajudar.

Encontro uma carta que ainda não havia lido e, quando começo a desdobrá-la, a porta traseira do carro se abre. Charlie joga uma caixa para dentro, e fico aliviado ao ver que achou mais coisas, inclusive outro diário. Ela entra no carro quando a porta da frente se abre. Dou uma olhada no banco do carona e vejo que Janette está se unindo ao nosso grupo.

Charlie se aproxima até que nossos ombros se encostem.

— Acho que ela é minha irmã — sussurra. — Não parece gostar muito de mim.

Janette bate a porta e imediatamente se vira para trás a fim de me lançar um olhar fulminante.

— Obrigada por avisar que minha irmã estava viva, seu babaca.

Ela se vira para a frente de novo, e vejo Charlie segurando uma risada.

— É sério isso? — reclama Landon, encarando Janette. Ele não parece estar muito feliz por ela ter se juntado a nós.

Ela joga a cabeça para trás e solta um grunhido.

— Ah, para com isso — rebate. — Já faz um ano que terminamos. Você não vai morrer por estarmos no mesmo carro. Além disso, não vou passar o dia inteiro em casa com a Laura Louca.

— Puta merda — murmura Charlie, inclinando-se para a frente. — Vocês namoraram?

Landon assente.

— Sim, mas faz muuuuito tempo. E durou, tipo, uma semana.

Ele muda a marcha e começa a dar ré.

— *Duas* semanas — especifica Janette.

Charlie olha para mim e ergue a sobrancelha.

— E a trama se complica...

Pessoalmente, acho que a presença de Janette vai ser mais incômoda do que útil. Landon ao menos sabe o que está acontecendo conosco. Janette não me parece o tipo de pessoa que aceitaria muito bem algo desse tipo.

Ela tira um *gloss* da bolsa e começa a passá-lo, usando o espelho do passageiro.

— Então, aonde vamos?

— Vamos ver Brett — responde Charlie em tom de indiferença, enquanto vasculha a caixa ao seu lado.

Janette se vira para trás.

— Brett? O *pai*? Estamos indo ver nosso *pai*?

Charlie assente enquanto pega o diário.

— Sim — afirma, e levanta o olhar para Janette. — Se tiver algum problema com isso, levaremos você de volta para casa.

Janette fecha a boca e se vira lentamente.

— Não tenho problema algum com isso — diz. — Mas vou ficar no carro. Não quero vê-lo.

Charlie ergue a sobrancelha para mim, então se recosta, abrindo o diário. Uma carta dobrada cai de dentro dele, e ela começa a abri-la. Inspira, olha para mim e fala:

— Bem. Vamos lá, *Silas lindo*. Vamos nos conhecer.

Ela abre a carta e começa a ler.

Abro uma carta que ainda não li e também me recosto.

— Vamos lá, *Charlie linda*.

3
Charlie

Charlie linda,

Minha mãe viu a tatuagem. Achei que ia conseguir escondê-la por alguns anos, mas ela entrou no meu quarto sem bater hoje de manhã, bem na maldita hora em que estava tirando o curativo.

Ela não entrava no meu quarto sem bater há pelo menos três anos! Acho que simplesmente supôs que eu não estivesse em casa. Você precisava ver a cara dela quando percebeu o que eu tinha feito. A tatuagem em si já foi estrago suficiente. Não consigo nem imaginar o que teria acontecido se tivesse percebido que ela representava você.

Aliás, obrigado por isso. Fazer algo que representasse nossos nomes foi uma sugestão muito melhor do que de fato tatuá-los. Disse a ela que as pérolas simbolizavam os portões perolados dos céus, ou alguma merda desse tipo. Depois da explicação, não discutiu muito, considerando que ela praticamente mora na igreja.

Quis saber quem foi que me tatuou, já que tenho apenas 16 anos, mas me recusei a contar. Fiquei surpreso por não ter adivinhado, já que mencionei no mês passado que o irmão mais velho de Andrew é tatuador.

Enfim. Ela ficou chateada, mas jurei que não faria outra tatuagem. Ela me pediu para que tomasse o cuidado de nunca tirar a camiseta na frente do meu pai.

Ainda estou um pouco chocado por realmente termos feito isso. Eu meio que estava brincando quando disse para fazermos, mas quando você se animou, percebi que estava falando sério. Sei que dizem que não se deve fazer tatuagens para homenagear a pessoa que você está namorando, e sei que só temos 16 anos, mas não consigo imaginar nada acontecendo nesta vida que me tire a vontade de tê-la em minha pele.

Nunca amarei ninguém como amo você. E se o pior acontecer e nos distanciarmos, jamais me arrependerei da tatuagem. Você tem sido uma grande parte da minha vida durante todos os meus 16 anos, e independentemente de ficarmos juntos até o fim ou não, quero me lembrar desta parte dela. Talvez essas tatuagens tenham sido mais uma comemoração do que uma suposição de que passaremos o resto da vida juntos. De qualquer maneira, espero que, daqui a quinze anos, quando virmos essas tatuagens, sejamos gratos por este capítulo das nossas vidas, sem nenhum pingo de arrependimento. Quer estejamos juntos ou não.

Mas uma coisa posso afirmar: você é muito mais durona do que eu. Achava que precisaria acalmá-la, dizendo que a dor era apenas temporária, mas terminou sendo o contrário. Talvez a minha tenha doído mais do que a sua. ;)

OK, já está tarde. Vou telefonar para lhe dar boa-noite, mas, mantendo a tradição, antes precisei contar tudo o que estou pensando numa carta. Sei que já disse isso antes, mas amo o fato de ainda escrevermos cartas um para o outro. Mensagens de texto são apagadas, conversas esvaecem, mas juro que vou guardar até a morte todas as cartas que já me escreveu. #CorreiosParaSempre

Amo você. A ponto de camuflá-la na pele.

Nunca pare. Jamais esqueça.

Silas

Dou uma olhada em Silas, mas ele está concentrado em sua própria leitura. Queria ver a tatuagem dele com meus próprios olhos, mas ainda não me sinto à vontade para pedir que tire a camiseta.

Vasculho as outras cartas até encontrar alguma que escrevi para ele. Estou curiosa para saber se sinto metade da paixão que ele sente por mim.

Silas,

Não consigo parar de pensar naquela noite, quando nos beijamos. Nem na sua carta explicando como se sentia sobre aquilo.

Nunca havia beijado ninguém antes. Não fechei os olhos. Estava com muito medo. Nos filmes, as pessoas fazem isso, mas não consegui. Queria saber se seus olhos estavam fechados, ver como seus lábios ficavam quando estavam contra os meus. E queria saber que horas eram, para poder sempre me lembrar do momento exato em que demos nosso primeiro beijo (foi às 11h, aliás). E você ficou de olhos fechados o tempo inteiro.

Depois que fui embora, voltei para casa e fiquei encarando a parede por uma hora. Continuava sentindo sua boca na minha, apesar de não estar mais comigo. Foi uma loucura, e não sei se devia acontecer ou não. Me desculpe por ter ignorado todas as suas ligações depois daquilo. Não queria que ficasse preocupado. Eu só precisava de tempo. Sabe que sou assim. Preciso assimilar tudo, e tem que ser sozinha. O fato de você ter me beijado certamente era algo que precisava ser assimilado. Fazia muito tempo que eu queria que isso acontecesse, mas sei que nossos pais vão achar que estamos loucos. Já ouvi minha mãe dizer que é impossível alguém se apaixonar de verdade com a nossa idade, mas não concordo. Os adultos gostam de fingir que nossos sentimentos não são tão intensos e importantes quanto os deles; que somos jovens demais para saber o que realmente queremos. Mas acho que desejamos o mesmo que eles: encontrar alguém que acredite em nós. Que fique do nosso lado e nos faça sentir menos sozinhos.

Tenho muito medo de que aconteça algo que mude o fato de que você é meu melhor amigo. Ambos sabemos que tem muita gente que se diz amiga, mas não age como tal, e você nunca foi assim. Estou perdendo o fio da meada. Gosto muito de você,

Silas. Muito mesmo. Talvez até mais do que de algodão doce sabor maçã verde, de balas NERDS cor-de-rosa, e até mesmo mais do que SPRITE! Pois é, isso mesmo.

Charlie

Isso é fofo. Eu era uma... uma garota se apaixonando por um rapaz pela primeira vez. Queria poder me lembrar de como foi nosso primeiro beijo. Será que fizemos mais do que apenas nos beijar? Mexo nas outras cartas, dando uma espiada em cada uma delas, até que encontro uma palavra que chama minha atenção.

Querido Silas,

Tem meia hora que estou tentando escrever esta carta, mas não sei como explicar nada do que quero dizer. Acho que vou precisar encontrar uma maneira, não é? Você sempre se expressa tão bem, e eu nunca sei o que dizer.

Não consigo parar de pensar no que fizemos na outra noite. Aquilo que você fez com a língua... fico com vontade de desmaiar só de pensar. Estou sendo sincera demais? Abrindo meu jogo? É isso que meu pai sempre diz. "Não mostre todas as suas cartas para os outros, Charlie."

Não quero esconder nenhuma carta de você. Sinto como se pudesse lhe confiar todos os meus segredos. Silas, não vejo a hora de você me beijar daquele jeito de novo. Ontem à noite, depois que foi embora, senti uma fúria irracional por todas as garotas do planeta. Sei que é ridículo, mas não quero que você faça aquilo com a língua em mais ninguém. Não acho que eu seja ciumenta, mas tenho ciúmes de qualquer pessoa que você tenha desejado antes de mim. Não quero que me ache louca, Silas, mas se em algum momento você olhar para outra garota da maneira como me olha, vou arrancar seus olhos com uma colher. Talvez até a assassine e jogue a culpa em você. Então, a não ser que queira ser um presidiário cego, sugiro que só tenha olhos para mim. Nos vemos no almoço!

Amo você!

Charlie

Fico corada, e olho discretamente para Silas. Então nós... eu...

Coloco a carta embaixo da perna para que ele não possa lê-la. Que vergonha. Fazer isso com alguém e não se lembrar. Especialmente quando, pelo jeito, aquilo que faz com a língua é tão bom. *Aquilo o quê?* Espio novamente, e agora ele também está me encarando. De repente, sinto uma onda de calor varrer meu corpo inteiro.

— O que foi? Por que está com esse olhar no rosto?

— *Que* olhar? — pergunto, desviando os olhos.

É então que percebo que não sei como é meu rosto. Será que ao menos sou bonita? Vasculho a mochila até encontrar minha carteira. Tiro a identidade e a observo. Sou... *normal*. A primeira coisa que percebo são meus olhos, porque são iguais aos de Janette. Porém, talvez Janette seja um pouco mais bonita do que eu.

— Acha que somos mais parecidas com nossa mãe ou com nosso pai?

Ela apoia os pés no painel e afirma:

— Com mamãe, graças a Deus. Eu morreria se tivesse nascido tão pálida quanto nosso pai.

Afundo um pouco sobre o assento ao escutar aquilo. Queria que fôssemos mais parecidas com o nosso pai, assim me sentiria um pouco mais familiarizada ao vê-lo daqui a pouco. Pego o diário, tentando não pensar no fato de que não me lembro de nada sobre as pessoas que me criaram.

Abro o caderno na última página em que escrevi. Deveria ter sido a primeira coisa a ser lida, mas antes queria ter algum contexto para aquilo tudo. Escrevi duas vezes no mesmo dia, então começo com o primeiro trecho.

SEXTA-FEIRA, 3 DE OUTUBRO

O dia em que seu cachorro é atropelado
　O dia em que seu pai é preso
　O dia em que precisa sair da casa onde passou a infância e se mudar para um chiqueiro
　O dia em que sua mãe para de olhar para você
　O dia em que seu namorado soca o pai de alguém
　Todos os piores dias da minha vida. Nem quero falar sobre isso. Mas, na próxima semana, todo mundo vai estar falando disso. As coisas vão ficando cada vez piores. Estou tentando tanto consertar as coisas, ajeitar tudo. Impedir que minha família vá para a sarjeta, embora seja exatamente para onde estamos indo. Sinto que estou nadando contra uma onda enorme, que não tenho como vencer. O pessoal da escola tem

me olhado de outro jeito. Silas diz que é coisa da minha cabeça, mas acreditar nisso é mais fácil para ele. É ele quem ainda tem um pai. A vida dele continua intacta. Talvez não seja justo dizer isso, mas fico tão zangada quando ele me diz que tudo vai ficar bem; porque não vai. Está na cara que não vai. Ele acha que seu pai é inocente. EU NÃO! Como posso ficar com alguém cuja família me detesta? Meu pai não está por perto para ser alvo do ódio deles, então transferiram esse ódio para mim. Minha família destruiu a imagem da preciosa família deles. Meu pai está apodrecendo na prisão enquanto seguem em frente com suas vidas, como se ele não importasse. O que fizeram com minha família importa, sim, e não vai ficar tudo bem. Meu pai odeia Silas. Como posso ficar com alguém que está ligado à pessoa que o mandou para a prisão? Fico péssima com isso. Apesar de tudo, me afastar dele é muito difícil para mim. Quando fico zangada, ele diz todas as coisas certas. Mas, no fundo, sei que isso não é bom para nenhum de nós. Só que Silas é muito teimoso. Mesmo que eu tentasse acabar o namoro, ele não deixaria. É como se fosse um desafio para ele.

Eu me comporto como se não estivesse nem aí, aí ele vai e se comporta assim também.

Começo a traí-lo com seu inimigo mortal?

Ele começa a me trair com a irmã do seu inimigo mortal.

Ouve falar que estou na lanchonete com meus amigos? Ele aparece lá com seus amigos.

Juntos somos voláteis. Nem sempre fomos assim. Tudo começou quando a situação dos nossos pais ficou insustentável. Antes disso, se alguém me dissesse que um dia *eu faria de tudo para me livrar dele, riria na cara dessa pessoa. Quem diria que nossas vidas, que se encaixavam tão perfeitamente, se tornariam irreconhecíveis praticamente da noite para o dia?*

As vidas de Silas e Charlie não se encaixam mais. Agora tudo está difícil demais. É algo que está exigindo mais forças do que somos capazes de ter.

Não quero que ele me odeie. Só não quero mais que me ame.

Então... tenho me comportado de outro jeito. Não é tão difícil agir de outra maneira porque realmente sou outra pessoa depois de tudo isso. Estou deixando isso claro para ele, não estou escondendo. Estou sendo malvada. Não sabia que era capaz de ser tão malvada. E estou distante. Estou deixando ele me ver dando em cima de outros garotos. Algumas horas atrás, ele bateu no pai de Brian quando o escutou dizer para outro cliente que eu era a namorada do filho dele. Acho que nunca havíamos nos envolvido em uma briga tão grande assim antes. Queria que ele gritasse comigo. Queria que visse o que realmente sou.

Queria que visse que merece alguém bem melhor.

Em vez disso, logo antes de ser expulso da lanchonete, ele deu um passo na minha direção, se encurvou até que a boca encostasse na minha orelha, e então sussurrou: "Por que, Charlie? Por que está se esforçando para me fazer odiá-la?"

Senti o choro preso na garganta enquanto ele era empurrado para longe de mim. Ficamos nos encarando enquanto o levavam para fora. Os olhos dele... nunca tinha visto aquele olhar. Estava cheio de... indiferença. Como se finalmente tivesse perdido as esperanças.

E pela mensagem que recebi pouco antes de começar a escrever aqui... acho que finalmente desistiu de lutar por nós. A mensagem dizia, "Estou indo para sua casa. Você me deve um término decente."

Ele finalmente cansou de tudo. E acabou tudo entre nós. Acabou mesmo. E eu devia estar feliz, porque esse era meu plano desde o início, mas, na verdade, não consigo parar de chorar.

4
Silas

Charlie está lendo no maior silêncio. Não está preparando bilhetes, nem me dizendo nada que possa ser útil para nós. Num certo momento, a vi passar a mão pela bochecha, mas se era para secar uma lágrima, disfarçou muito bem. Fiquei curioso para saber o que estava lendo, então dei uma espiada, tentando ler o diário.

Era sobre a noite do nosso término. Sobre o que aconteceu entre nós há mais ou menos uma semana. Tudo o que quero é chegar mais perto e ler o restante com ela, porém, em vez disso, ela avisa a Landon que precisa fazer xixi.

Paramos num posto de gasolina a cerca de uma hora da prisão. Janette fica no carro e Charlie permanece ao meu lado quando entramos na loja. Ou talvez seja *eu* quem fica ao lado *dela*. Não sei. O desejo de protegê-la continua dentro de mim. Na verdade, parece até que estou ainda mais envolvido. O fato de me lembrar de tudo o que aconteceu nos últimos dois dias — quase três — faz com que seja difícil esquecer que eu não deveria reconhecê-la. Ou que não deveria amá-la. Mas só consigo pensar no beijo que demos de manhã, quando achamos que não iríamos lembrar um do outro assim que acabasse. Na maneira como me deixou beijá-la e abraçá-la até que deixasse de ser Charlie.

Precisei me segurar para não rir quando fingiu que sabia como se chamava. *Delilah?* Mesmo sem memória, continua sendo a mesma Charlie teimosa de sempre. É incrível como alguns aspectos de sua personalidade continuam fortes como eram ontem. Será que sou parecido com quem eu era antes de tudo isso começar?

Espero ela sair do banheiro, então vamos até as geladeiras das bebidas e pego uma água; Charlie estende o braço na direção de uma Pepsi. Quase digo a ela que sei que prefere Coca-Cola graças a uma carta que li ontem, mas não deveria me lembrar de ontem. Levamos as bebidas até o caixa e as apoiamos no balcão.

— Não sei nem se *gosto* de Pepsi — sussurra, me fazendo rir.

— Foi por isso que peguei água. Só para garantir.

Ela pega uma embalagem de batatas chips e a coloca no balcão para que o atendente a registre. Depois, pega um pacote de Cheetos. Em seguida, um de Cebolitos. Então, um Doritos. Ela não para de colocar os pacotes no balcão. Fico observando, e ela me lança um olhar enquanto dá de ombros.

— Só para garantir.

Quando voltamos ao carro, temos dez embalagens diferentes de salgadinhos e oito tipos de refrigerante. Janette olha para Charlie ao ver tanta comida.

— Silas está com muita fome — explica.

Landon está no banco do motorista, balançando o joelho para cima e para baixo. Ele tamborila os dedos no volante e diz:

— Silas, você lembra como se dirige, certo?

Acompanho o olhar dele e vejo duas viaturas paradas no acostamento à nossa frente. Teremos de passar por eles para sair, mas não sei por que isso deixou Landon nervoso. Charlie não está mais desaparecida, então não precisamos mais nos preocupar com a polícia.

— Por que *você* não dirige? — pergunto a ele.

— Acabei de fazer 16 anos — explica, virando-se na minha direção. — Só tenho a licença temporária. Ainda não dei entrada na carteira de motorista definitiva.

— Ótimo — murmura Janette.

Considerando o panorama geral, dirigir sem carteira não é bem uma prioridade na minha lista de preocupações atuais.

— Acho que temos problemas maiores do que uma possível multa — interrompe Charlie, dando voz ao que estou pensando. — Silas não precisa dirigir. Está me ajudando a dar uma olhada nessa merda toda aqui.

— Ler cartas de amor antigas não é exatamente importante — debocha Janette. — Se Landon for multado tendo apenas a licença, não vai poder tirar a carteira definitiva.

— Então não seja parado pela polícia — instruo. — Ainda temos umas duas horas pela frente, e mais três para voltar.

Não posso perder cinco horas só porque está preocupado com sua carteira.

— Por que vocês estão tão esquisitos? — questiona Janette. — E por que estão lendo essas cartas antigas?

Charlie sequer ergue os olhos de seu diário enquanto responde sem muito entusiasmo.

— Estamos vivendo um raro caso de amnésia e não conseguimos nos lembrar de quem somos. Nem mesmo sei quem *você* é. Olhe para a frente e cuide da sua própria vida.

Janette revira os olhos e bufa, então nos dá as costas.

— Doidos — murmura.

Charlie sorri para mim e aponta para o diário.

— Aqui. Estou prestes a ler o último trecho de todos.

Troco de lugar com a caixa que estava entre nós e me aproximo para ler o último trecho junto a ela.

— Acha estranho? Compartilhar seu diário comigo?

Ela balança a cabeça levemente.

— Na verdade, não. Para mim, parece que nem somos eles.

SEXTA-FEIRA, 3 DE OUTUBRO

Faz apenas quinze minutos que escrevi neste diário. Assim que o fechei, Silas me mandou uma mensagem dizendo que estava lá fora. Como minha mãe não deixa mais que ele entre em casa, saí para escutar o que tinha a dizer.

Fiquei sem ar ao vê-lo, e me odiei por isso. Era a maneira como estava encostado no seu Land Rover, com os pés cruzados na altura dos tornozelos e as mãos enfiadas nos bolsos da jaqueta. Um calafrio percorreu meu corpo, mas culpei o fato de estar vestindo um pijama de alcinha.

Ele sequer levantou a cabeça quando me aproximei. Encostei-me ao lado dele e cruzei os braços. Ficamos parados ali por vários momentos, em silêncio.

— Posso só fazer uma pergunta? — *pediu Silas.*

Ele se afastou do carro e parou na minha frente. Fiquei tensa quando suas mãos pousaram de cada lado da minha cabeça, me encurralando. Silas abaixou a cabeça alguns centímetros, até que nossos olhos ficassem na mesma altura. Não era uma posição nova para nós dois. Já havíamos ficado assim um milhão de vezes antes, mas, dessa vez, ele não parecia querer me beijar. Agora, parecia que estava tentando entender quem diabos eu era. Observava meu rosto, como se estivesse vendo uma completa desconhecida.

— Charlie — *falou, a voz rouca, então mordeu o lábio inferior enquanto pensava no que dizer em seguida. Suspirou e fechou os olhos.* — Tem certeza de que é isso o que você quer?

— Sim.

Ele abriu os olhos bruscamente ao sentir a firmeza da minha resposta. Meu coração doeu ao perceber o que ele estava tentando disfarçar. O choque. A compreensão de que não me faria mudar de ideia.

Silas bateu com o punho de leve contra o carro duas vezes, então se afastou de mim. Passei por ele imediatamente, querendo entrar em casa enquanto ainda tinha forças para deixá-lo ir embora. Fiquei repetindo para mim mesma o motivo de estar fazendo aquilo. Não damos certo juntos. Ele acha que meu pai é culpado. Nossas famílias se odeiam. Somos diferentes hoje em dia.

Quando cheguei na porta de casa, Silas disse uma última coisa antes de entrar no carro.

— Não vou sentir sua falta, Charlie.

O comentário me chocou, então me virei e olhei em sua direção.

— Vou sentir saudades de quem você era. Da Charlie por quem me apaixonei. Mas seja quem for essa nova Charlie... — Silas moveu a mão para cima e para baixo, na direção do meu corpo. — Não vou sentir falta dela.

Entrou no carro e bateu a porta. Deu ré e foi embora, cantando pneu pelas ruas do meu bairro pobre.

E, agora, se foi.

Uma pequena parte de mim está com raiva por ele não ter se esforçado mais. Mas a maior parte de mim está aliviada por termos finalmente terminado.

Ele passou esse tempo todo fazendo de tudo para se lembrar de como as coisas eram entre nós. Convenceu-se de que, um dia, poderíamos ser daquele jeito de novo.

Enquanto ele fica o tempo inteiro tentando se lembrar... eu passo o tempo inteiro tentando esquecer.

Não quero lembrar como é beijá-lo.

Não quero lembrar como é amá-lo.

Quero esquecer Silas Nash e tudo neste mundo que me faça lembrar dele.

5
Charlie

A prisão não é o que eu esperava. E o que estava esperando exatamente? Um lugar escuro e deteriorado, sob um céu cinza e com um terreno infértil ao fundo? Não me lembro da minha própria aparência, mas lembro de como é o estereótipo de uma prisão. Dou risada disso enquanto saio do carro e ajeito minha roupa. Os tijolos vermelhos contrastam com o céu azul. Há flores crescendo ao longo do gramado, e elas dançam um pouco quando a brisa as alcança. A única coisa feia no cenário é o arame farpado que corre pelo topo da cerca.

— Não me parece tão ruim assim — deixo escapar.

Silas, que sai do carro em seguida, ergue uma das sobrancelhas.

— Não é você quem está presa ali dentro.

Sinto as bochechas esquentarem. Talvez eu não saiba quem sou, mas sei que foi muita idiotice dizer aquilo.

— Pois é — afirmo. — Acho que Charlie é meio babaca.

Ele ri e segura minha mão antes que eu possa protestar. Lanço um olhar na direção do carro, de onde Janette e Landon nos observam pelas janelas laterais. Parecem cachorrinhos tristes.

— É melhor ficar aqui com eles — sugiro. — Gravidez na adolescência é algo sério.

Ele dá uma risadinha.

— Está brincando, né? Não viu que passaram o caminho inteiro brigando?

— Tensão sexual — cantarolo, enquanto abro a porta para a recepção principal.

Sinto cheiro de suor e enrugo o nariz ao me aproximar do guichê. Tem uma mulher na minha frente, puxando uma criança pelas mãos. Ela solta um palavrão antes de gritar seu nome para a recepcionista e entregar a identidade.

Merda. Qual é a idade mínima para se visitar alguém aqui? Vasculho a mochila em busca de minha carteira de motorista enquanto espero minha vez. Silas aperta minha mão, então olho para ele e lanço um sorriso fraco em sua direção.

— Próximo — chama uma voz.

Aproximo-me do guichê e digo a uma mulher de semblante sério quem vim visitar.

— Você está na lista? — pergunta, e assinto em resposta.

As cartas indicavam que eu já tinha visitado meu pai várias vezes desde que foi preso.

— E ele?

A moça acena na direção de Silas, que mostra sua carteira de motorista. Ela afasta o documento e balança a cabeça.

— Ele não está na lista.

— Ah! — exclamo.

Ela demora alguns minutos para inserir tudo no computador, então me entrega um crachá de visitante.

— Deixe a bolsa com seu amigo — instrui. — Ele pode esperar aqui.

Tenho vontade de gritar. Não quero entrar lá sozinha e falar com um homem qualquer que supostamente é meu pai. Silas não parece estar surtando. Quero que venha comigo.

— Acho que não consigo fazer isso — confesso. — Não sei nem o que perguntar para ele.

Silas segura meus ombros e abaixa a cabeça para me olhar nos olhos.

— Charlie, com base nas cartas manipuladoras que ele mandou para você, o cara é meio babaca. Não caia no papo dele. Consiga as respostas e dê o fora, está bem?

Faço que sim com a cabeça.

— OK.

Dou uma olhada ao redor, analisando a lúgubre área de espera: paredes amarelas e vasos de plantas descaradamente calculados.

— Me espera aqui? — peço a Silas, e ele assente baixinho.

Ele me olha nos olhos com um leve sorriso nos lábios. Parece que quer me beijar, o que me faz entrar em pânico. Nada de beijar desconhecidos. Se bem que já sei como é beijá-lo. Só não consigo me lembrar.

— Se demorar muito, talvez seja melhor esperar no carro com Landon e Janette — sugiro. — Gravidez na adolescência acontece mesmo, sabe.

Ele sorri, e o gesto me tranquiliza.

— Está bem — digo, dando um passo para trás. — Nos vemos do outro lado.

Tento parecer durona enquanto passo pelos detectores de metal e sou revistada. Minhas pernas estão trêmulas. Olho para Silas, que está parado com as mãos nos bolsos, me observando. Ele acena com a cabeça para que eu siga em frente, e sinto surgir uma pequena onda de coragem.

— Vou dar conta disso — murmuro. — É só uma visitinha ao papai.

Sou levada para uma sala, onde pedem que eu espere. Há umas vinte mesas espalhadas. A mulher que estava na minha frente na fila agora está sentada numa mesa com a cabeça entre as mãos, enquanto os filhos brincam num canto, empilhando blocos. Sento-me o mais longe possível deles, encarando uma porta. A qualquer momento, meu suposto pai vai entrar por ali, e nem mesmo sei como ele é. E se eu errar? Estou pensando em simplesmente dar o fora, sair correndo e dizer para o pessoal que ele não quis me ver, quando, de repente, ele chega. Sei que é ele porque seus olhos me encontram de imediato. Sorri e anda na minha direção. *Andar* não é o termo certo para descrever o que faz. Ele praticamente saltita. Não me levanto.

— Oi, Amendoim — cumprimenta, abraçando-me meio sem jeito enquanto continuo sentada, rígida como pedra.

— Oi... pai.

Ele se senta à minha frente, ainda sorrindo. Percebo como deve ser fácil idolatrar esse homem. Ele se distingue até mesmo com o uniforme de presidiário. Isso tudo parece muito errado; ele estar aqui, com seus dentes brancos e reluzentes e cabelo loiro bem penteado. Janette tinha razão. Devemos ter puxado nossa mãe, porque não somos nada parecidas com ele. Acho que tenho a boca dele. Mas não tenho a pele pálida. Nem os olhos. Quando vi minha foto, foi a primeira coisa que percebi. Tenho olhos tristes. Ele tem olhos que riem, apesar de provavelmente não ter nenhum motivo para risadas. Já estou na dele.

— Você não vem aqui faz duas semanas — comenta. — Estava começando a achar que você e sua irmã tinham me largado aqui, às moscas.

A onda paterna que estava sentindo desaparece instantaneamente. *Escroto narcisista*. Já percebi como age, e acabo de conhecê-lo. Diz coisas com os olhos risonhos e um sorriso no rosto, mas as palavras golpeiam como um chicote.

— Você nos deixou sem nada. Não posso pegar o carro, então fica difícil dirigir até aqui. E minha mãe é alcoólatra. Acho que estou com raiva de você por causa disso, mas não me lembro.

Ele me encara por um minuto, com o sorriso congelado no rosto.

— Lamento que se sinta assim.

Ele cruza os braços por cima da mesa e se inclina para a frente. Está me analisando. Fico constrangida, sentindo-me como se ele me conhecesse mais do que conheço a mim mesma.

O que provavelmente deve ser verdade, considerando minha situação atual.

— Recebi uma ligação hoje de manhã — diz, recostando-se.
— Ah, é? De quem?

Meu pai balança a cabeça.

— Não importa quem era. O importante é o que me disseram. Sobre você.

Não conto nada para ele. Não sei se está apenas tentando arrancar algo de mim.

— Tem algo que queira me contar, Charlize?

Inclino a cabeça. Que tipo de jogo é esse que está fazendo?
— Não.

Ele assente com a cabeça por um instante, então pressiona os lábios um contra o outro. Em seguida, leva a mão ao rosto, apoiando o queixo sobre o polegar e o indicador, e me encara do outro lado da mesa.

— Disseram que você invadiu a casa de alguém. E que há motivos para acreditar que estava drogada.

Demoro um pouco para responder. Invasão? *Quem contaria a ele que invadi uma casa?* A taróloga? Foi na casa dela que estive. Até onde sei, não contamos para ninguém o que aconteceu. De acordo com nossos bilhetes, simplesmente fomos direto para o hotel ontem à noite.

Tantas coisas passam pela minha cabeça, tento organizá-las.

— Por que esteve em nossa antiga casa, Charlie?

Meu pulso acelera, eu me levanto.

— Tem algo para beber aqui? — pergunto, girando sobre os calcanhares. — Estou com sede.

Avisto a máquina de refrigerante, mas estou sem dinheiro. Na mesma hora, meu pai leva a mão ao bolso, retira um punhado de moedas de 25 centavos e as empurra por cima da mesa.

— Deixam vocês terem dinheiro aqui dentro?

Ele concorda em silêncio, me observando de maneira suspeita o tempo todo. Pego as moedas e vou até a máquina de refrigerante. Insiro-as, voltando o olhar em sua direção, mas ele não está mais olhando para mim. Em vez disso, fixa o olhar nas próprias mãos unidas em cima da mesa.

Espero a bebida cair e, mesmo depois disso, enrolo por mais um minuto enquanto abro a lata e tomo um gole. Esse homem me deixa nervosa, e não sei por qual motivo. Não sei como Charlie o admirava daquela maneira. Acho que se tivesse lembranças dele como meu pai, talvez meus sentimentos fossem diferentes. Mas não tenho. Só posso me basear no que estou vendo, e o que vejo agora é um criminoso. Um homem patético, pálido e de olhos minúsculos.

Quase solto o refrigerante. Cada músculo do meu corpo enfraquece quando a ficha cai. Penso numa descrição que li em nossos bilhetes, não sei se meu ou de Silas. A descrição física da Menina Camarão. De *Cora*.

"Ela é chamada de Menina Camarão porque tem olhos pequenos e porque sua pele fica toda rosada quando fala."

Merda. Merda, merda, merda.

Brett é pai de Cora?

Ele agora está me encarando, e provavelmente se perguntando por que estou demorando tanto para voltar. Ando em sua direção. Quando chego à mesa, encaro-o intensamente.

Após me sentar, inclino o corpo para a frente e não deixo nenhum pingo da ansiedade que sinto agora se infiltrar na minha confiança.

— Vamos fazer uma brincadeira — falo para ele.

Brett ergue a sobrancelha, curioso.

— Está bem.

— Vamos fingir que perdi a memória. Sou uma tela em branco. Estou reunindo as informações que talvez tenha deixado de ver antes, quando o idolatrava. Está me acompanhando?

— Na verdade, não — confessa, parecendo amargurado.

Fico imaginando se fica assim sempre que não fazem de tudo para agradá-lo.

— Você por acaso tem outra filha? Não sei, talvez com uma mãe louca, que possa ter me sequestrado?

Ele fica pálido e imediatamente começa a negar, afastando o corpo de mim e me chamando de louca. Mas pude ver o pânico em seu rosto, sei que descobri alguma coisa.

— Escutou a última parte, ou está mais focado em manter as aparências?

Ele vira a cabeça para me olhar, e agora seu olhar não é mais delicado.

— Ela me sequestrou — repito. — Ela me trancou num quarto na casa dela, na *nossa* antiga casa.

Vejo seu pomo-de-adão subir e descer enquanto engole a seco. Acho que está decidindo o que vai me contar.

— Ela encontrou você invadindo a casa dela — explica, por fim. — Disse que você estava fora de si, que não fazia ideia de onde estava. Não quis chamar a polícia porque estava convencida de que estava drogada, então a manteve lá para ajudá-la a se desintoxicar. Ela teve minha permissão, Charlie. Ligou para mim assim que a encontrou.

— *Não estou* drogada — afirmo. — E que tipo de pessoa em sã consciência prenderia alguém contra sua própria vontade?

— Preferia que tivesse chamado a polícia? Você estava falando coisas sem sentido! E invadiu a casa dela no meio da noite!

Não sei no que acreditar agora. A única lembrança que tenho dessa experiência é o que escrevi para mim mesma.

— E aquela garota, Cora, é minha meia-irmã?

Ele fixa o olhar na mesa, sem conseguir me encarar. Como não me responde, decido entrar no jogo dele.

— Se for sincero comigo, vai ser melhor para você. Silas e eu encontramos um arquivo que Clark Nash estava procurando desesperadamente desde antes do seu julgamento.

Ele sequer parece estranhar aquela informação. Seu rosto é impenetrável demais. Tampouco pergunta que arquivo é esse que tenho, apenas fala:

— Sim. Ela é sua meia-irmã. Tive um caso com a mãe dela anos atrás.

É como se tudo isso estivesse acontecendo com um personagem de televisão. Como será que a verdadeira Charlie reagiria? Cairia aos prantos? Se levantaria e sairia correndo? Daria um murro no rosto desse cara? Pelo que li sobre ela, provavelmente seria a última opção.

— Uau. Caramba. Minha mãe sabe disso?

— Sim. Descobriu depois que perdemos a casa.

Que homem patético. Primeiro, trai minha mãe. Engravida outra mulher. Depois, esconde isso da família até ser descoberto.

— Meu Deus! — exclamo. — Não é à toa que ela é alcoólatra. — Recosto-me na cadeira e encaro o teto. — Nunca assumiu a paternidade? A garota sabe disso tudo?

— Ela sabe — afirma.

Fico fervendo de raiva. Por Charlie, pela coitada da garota que precisa estudar no mesmo colégio que Charlie, vendo-a levar uma vida a que não teve direito; e por toda essa situação confusa.

Paro um instante para me recompor enquanto ele fica em silêncio. Queria poder dizer que está sofrendo com a culpa, mas não sei se esse homem é capaz de sentir algo assim.

— Por que moram na casa onde cresci? Deu a casa para elas?

A pergunta traz um tom levemente rosado ao seu rosto. Ele estala a mandíbula, e seu olhar corre da esquerda para a direita. A voz fica mais baixa, de forma que só eu posso escutá-la.

— Aquela mulher era minha cliente, Charlie. E foi um erro. Terminei com ela há muitos anos, um mês antes de descobrir a gravidez. Fizemos uma espécie de acordo em que eu estaria presente financeiramente, mas só isso. Assim foi melhor para todos.

— Então está dizendo que comprou o silêncio dela?

— Charlie... Foi um erro que cometi. E acredite em mim, já paguei por ele dez vezes mais do que merecia. Ela usou o dinheiro que mandei ao longo de todos esses anos para comprar nossa antiga casa num leilão. Fez isso só para me atingir.

Então ela é vingativa. E talvez um pouco louca. E meu pai é o culpado por isso?

Meu Deus. Só piora.

— Você fez o que estão dizendo que fez? — pergunto. — Já que estamos contando a verdade, acho que tenho o direito de saber.

Ele dá uma olhada ao redor da sala mais uma vez, para ver se alguém está escutando.

— Por que está me perguntando tudo isso? — sussurra. — Não é do seu feitio.

— Tenho 17 anos. Acho que tenho o direito de mudar.

Esse cara, meu Deus. Quero apenas revirar os olhos para ele, mas antes preciso que me dê mais respostas.

— Foi Clark Nash quem pediu para você fazer isso? — interpela, lançando o corpo para a frente, com um jeito acusador tanto nas palavras quanto no rosto. — Está envolvida com Silas novamente?

Está tentando virar a situação contra mim de novo. Mas não vai mais me atingir.

— Sim, papai — respondo, sorrindo meigamente. — Estou com Silas de novo. Estamos apaixonados e muito felizes. Obrigada por perguntar.

Um par de veias desponta de sua têmpora, e ele cerra os punhos raivosamente.

— Charlie, sabe o que acho disso.

A reação dele me irrita. Levanto-me de repente, e minha cadeira recua com um barulho alto.

— Então vou contar o que *eu* acho, pai. — Afasto-me da mesa e aponto para ele. — Você arruinou muitas vidas. Achou que o dinheiro poderia substituir suas responsabilidades. Suas escolhas fizeram minha mãe se lançar à bebida. Deixou suas próprias filhas sem nada, sem nem ao menos terem alguém em quem se espelhar. Sem falar em todas as pessoas de quem roubou dinheiro na sua empresa. E você coloca a culpa em todos os outros. Porque é um ser humano de merda. E um pai mais merda ainda! — desabafo. — Não conheço Charlie e Janette muito bem, mas acho que merecem muito mais do que isso.

Giro sobre os calcanhares e vou embora, exclamando mais algumas palavras por cima do ombro:

— Adeus, Brett! Tenha uma ótima vida!

6

Silas

Quando ela volta, estou sentado no capô do carro de pernas cruzadas, recostado ao para-brisas, enquanto escrevo bilhetes. Charlie passou mais de uma hora lá dentro, então fiz como pediu e vim esperar aqui fora para ficar de olho nos nossos irmãos. Desencosto do para-brisas ao vê-la. Não pergunto se descobriu algo, fico apenas esperando até que diga alguma coisa. Nesse momento, não parece querer que falem com ela.

Está vindo direto para o carro, e me encara rapidamente ao passar por mim. Viro a cabeça em sua direção e a observo enquanto caminha apressadamente até a traseira do carro, e depois volta para a frente. Então vai até a traseira de novo. Em seguida, vem para a frente novamente.

Charlie está com os punhos cerrados ao lado do corpo. Janette abre a porta do carona e sai do carro.

— O que o melhor *paisidiário* do mundo tinha a dizer?

Charlie para imediatamente.

— Você sabia sobre Cora?

Janette retrai o pescoço e balança a cabeça.

— Cora? Quem?

— A Menina Camarão! — exclama Charlie. — Sabia que é filha dele?

Janette fica boquiaberta. Eu salto do capô do carro na mesma hora.

— Espera aí. *O quê?* — vocifero, aproximando-me de Charlie.

Ela ergue as mãos e esfrega o rosto, então apoia o queixo nos dedos e inspira lentamente.

— Silas, acho que tem razão. Isso não é um sonho.

Vejo o medo estampado na cara dela. O medo que não assimilou desde que perdeu a memória de novo algumas horas atrás. É agora que a ficha está caindo.

Aproximo-me lentamente e estendo a mão em sua direção.

— Charlie, está tudo bem. Vamos resolver isso tudo.

Ela se afasta rapidamente e começa a balançar a cabeça.

— E se não conseguirmos? E se isso continuar acontecendo? — Ela volta a andar de um lado para o outro, agora com as mãos unidas atrás da cabeça. — E se continuar se repetindo até que nossas vidas se acabem?

Seu peito começa a oscilar enquanto inspira e expira profundamente.

— O que está acontecendo com você? — indaga Janette, e sua próxima pergunta é direcionada a mim. — Do que não estou sabendo?

Landon está ao meu lado agora, então me viro para ele.

— Vou dar uma volta com Charlie. Pode explicar para Janette o que está acontecendo conosco?

Landon pressiona os lábios um contra o outro e faz que sim com a cabeça.

— Tudo bem. Mas ela vai achar que estamos todos mentindo.

Agarro o braço de Charlie e puxo-a para que caminhe ao meu lado. Há lágrimas escorrendo por suas bochechas, e ela as enxuga raivosamente.

— Ele tinha uma vida dupla — explica. — Como foi capaz de fazer isso com ela?

— Com quem? — indago. — Janette?

Ela para de andar.

— *Não*, não com Janette. Não com Charlie. Nem com minha mãe. Com *Cora*. Como pode ser pai de uma criança e se recusar a ter um relacionamento com ela? É uma pessoa terrível, Silas! Como Charlie não *percebeu*?

Ela está preocupada com a Menina Camarão? A menina que ajudou a mantê-la *presa* por um dia inteiro?

— Tente respirar — sugiro, enquanto seguro seus ombros, obrigando-a a se voltar para mim. — Você provavelmente nunca tinha visto esse lado dele. Era bondoso com você, e você o amava com base na pessoa que ele fingia ser. Além disso, não pode se sentir mal por aquela garota, Charlie. Ela ajudou a mãe a sequestrar você.

Ela começa a balançar a cabeça freneticamente.

— Elas nunca me machucaram, Silas. Fiz questão de enfatizar isso na carta. Sim, ela foi grosseira, mas eu invadi a casa delas! Devo ter ido até lá na noite em que não entrei no táxi. Ela pensou que estávamos usando drogas, até porque eu não lembrava de nada, e não a culpo por isso! Então, esqueci quem era novamente e devo ter entrado em pânico. — Charlie expira fortemente e para por um instante. Então, ao levantar o olhar para mim, parece estar mais calma. Pressiona os lábios e os umedece antes de continuar. — Acho que não teve nada a ver com o que aconteceu conosco. É apenas uma mulher louca e amargurada, que odeia meu pai e que provavelmente queria se vingar de mim pela forma como tratei sua filha. Mas fomos nós que as colocamos no meio disso tudo. Passamos esse tempo inteiro procurando outras pessoas... tentando culpar outras pessoas... mas e se... — Charlie pausa, então expira. — E se tivermos sido nós mesmos que fizemos isso *um com o outro*?

Solto seus ombros e dou um passo para trás. Ela se senta no meio-fio e segura a cabeça entre as mãos. É impossível que tenhamos feito isso de propósito.

— Não acho que isso seja possível, Charlie — rebato, sentando-me do lado dela. — Como teríamos feito isso? Como duas pessoas simplesmente param de se lembrar de tudo ao mesmo tempo? Tem que ser algo maior do que qualquer coisa ao nosso alcance.

— Se tem que ser algo maior do que *nós*, também tem que ser maior do que meu pai. E do que Cora. E a mãe de Cora. E do que minha mãe. E seus pais. Se *nós* não somos capazes de causar isso, ninguém mais pode ser também.

Assinto com a cabeça.

— Eu sei.

Ela leva o dedão até a boca por um segundo.

— Então, se isso não está acontecendo conosco por causa de outras pessoas... o que mais pode ser?

Sinto os músculos do pescoço enrijecerem, então uno as mãos por trás da cabeça e olho para o céu.

— Algo maior?

— O que é maior? O universo? *Deus?* Isso é o começo do apocalipse? — Charlie se levanta e começa a andar de um lado para o outro na minha frente. — Acha que ao menos acreditávamos em Deus? Antes disso tudo acontecer?

— Não faço ideia. Só sei que rezei mais nos últimos dias do que devo ter rezado na minha vida inteira. — Levanto-me e seguro sua mão, puxando-a na direção do carro. — Quero saber o que seu pai falou. Pode escrever tudo enquanto dirijo no caminho de volta.

Ela entrelaça os dedos nos meus e volta até o carro comigo. Quando chegamos, Janette está encostada na porta do passageiro, nos olhando intensamente.

— Vocês realmente não conseguem se lembrar de nada? Nenhum dos dois?

Ela olha apenas para Charlie.

Gesticulo para que, desta vez, ela e Landon se sentem no banco de trás, então abro a porta do carona para Charlie, que responde:

— Sim. É sério. E juro que não é uma pegadinha, Janette. Não sei que tipo de irmã eu era com você, mas *juro* que não inventaria isso.

Janette observa Charlie por um instante, e depois fala:

— Você foi uma *merda* de irmã nos últimos anos. Mas acho que se tudo o que Landon me disse é verdade, se realmente não se lembram de nada, isso explica por que nenhum dos dois babacas me desejou feliz aniversário hoje.

Janette puxa a maçaneta, entra no carro e bate a porta.

— Eita — diz Charlie.

— Pois é — concordo. — Você se esqueceu do aniversário da sua *irmã*? Que egoísta, Charlie.

Ela dá um tapa no meu peito de um jeito brincalhão. Seguro sua mão. Juro que rola um certo clima entre nós por um instante, um único segundo em que Charlie me olha como se pudesse sentir o que sentia antigamente por mim.

Mas, então, pisca os olhos, afasta a mão da minha e entra no carro.

7
Charlie

Não é culpa minha se o universo está me castigando. Castigando *a nós dois*.

Silas e eu.

Sempre me esqueço de que Silas também está ferrado, o que provavelmente significa que sou uma pessoa narcisista. *Maravilha.* Penso na minha irmã que está no carro, tendo um aniversário terrível. E na meia-irmã que mora na minha antiga casa com uma mãe pirada, a quem, de acordo com meus diários, tenho torturado há uma década. Sou uma pessoa ruim, e uma irmã pior ainda.

Será que *realmente* quero recuperar a memória?

Fico olhando fixamente pela janela enquanto passamos por todos aqueles malditos carros. Não tenho memória alguma, mas pelo menos posso garantir que Janette tenha algo de bom para se lembrar de hoje.

— Ei, Silas — chamo. — Pode colocar algo nesse seu GPS chique?

— Sim. O quê?

Não sei nada sobre a garota que está no banco de trás. Poderia muito bem ser alguém que ama videogames.

— Um fliperama — sugiro.

Vejo Landon e Janette se animarem no banco de trás. *Isso!* Estou de parabéns. Todos os adolescentes gostam de videogames. Fato.

— Que momento estranho para jogar videogame — desdenha Silas. — Não acha que deveríamos...

— Acho que deveríamos jogar videogame — interrompo. — Porque é aniversário de Janette.

Arregalo os olhos na direção de Silas, a fim de fazê-lo entender que isso já está decidido. Sua expressão denota que entendeu, e ele faz um joinha, o que é muito tosco. Charlie odeia joinhas, dá para perceber pela reação imediata do seu corpo.

Silas encontra um fliperama não muito longe de onde estamos. Ao chegarmos, ele saca a carteira e a vasculha até encontrar um cartão de crédito.

Janette me lança um olhar envergonhado, mas dou de ombros. Mal conheço esse cara. E daí que está gastando dinheiro conosco? Além disso, não tenho um centavo. Meu pai perdeu tudo, e o pai de Silas ainda tem algum dinheiro, então tudo bem. *Além de narcisista, sou ótima em criar justificativas.*

Levamos nossas fichas dentro de copos de papel e, assim que entramos no fliperama, Janette e Landon se afastam para fazer o que quiserem. *Juntos.* Viro-me para Silas e articulo com os lábios: "tá vendo?"

— Vamos — diz Silas. — Vamos comer uma pizza. Deixe as crianças brincarem.

Ele pisca para mim, e tento não sorrir.

Encontramos uma mesa para esperar por nossa pizza. Sento-me no banco, colocando os braços ao redor dos joelhos.

— Silas, e se isso continuar acontecendo conosco? Esse ciclo infinito de amnésia. O que faremos?

— Não sei — confessa. — Encontraremos um ao outro todas as vezes. Não é tão ruim assim, é?

Ergo o olhar para Silas, para ver se está brincando.

Não é tão ruim assim. Mas a situação é.

— Quem gostaria de passar a vida inteira sem saber quem é?

— Poderia gastar todos os meus dias conhecendo você de novo, Charlie, e acho que não me cansaria disso.

Sinto meu corpo esquentar e desvio o olhar rapidamente. É assim que faço com Silas. *Não olhe para ele, não olhe para ele, não olhe para ele.*

— Idiota — digo.

Mas ele não é idiota. É um cara romântico, e suas palavras são fortes. Charlie não é romântica, dá para perceber. Mas ela quer ser; também percebo isso. Quer desesperadamente que Silas lhe mostre que isso tudo que está acontecendo não é uma mentira. Quando olha para ele, sente uma coisa dentro de si, como se fosse um puxão. Quero afastar essa sensação de mim toda vez que acontece.

Dou um suspiro, então abro uma embalagem de açúcar, esvaziando-a sobre a mesa. Ser adolescente é muito cansativo. Silas fica me observando fazer desenhos no açúcar, até que finalmente segura minha mão.

— Vamos resolver isso tudo — assegura. — Estamos no caminho certo.

Limpo as mãos na calça, então assinto.

— Está bem — digo.

Apesar de saber que não estamos em caminho algum. Estamos tão perdidos quanto estávamos no hotel, quando acordamos.

Também sou mentirosa. *Narcisista, justificadora, mentirosa*.

Janette e Landon nos encontram bem na hora em que a pizza chega. Sentam-se à mesa conosco, dando risada e com as bochechas coradas. Desde o começo desse dia, quando conheci Janette, nem sequer a vi chegar perto de rir. Odeio mais ainda o pai de Charlie agora. Por ter destruído uma adolescente. *Duas*, se contar comigo. Bem... *três*, agora que sei sobre Cora.

Assisto enquanto Janette morde sua fatia de pizza. As coisas não precisam ser assim. Se eu pudesse apenas sair dessa *coisa*... poderia cuidar dela. Ser uma pessoa melhor. Por nós duas.

— Charlie — diz ela, colocando a fatia sobre o prato. — Quer jogar comigo?

Sorrio.

— Sim, claro.

Ela abre um sorriso e, de repente, sinto meu coração aumentar e se encher. Quando me viro para Silas, ele está me observando com um olhar encantado. O canto da sua boca se ergue, esboçando um pequeno sorriso.

Silas

Está escuro quando chegamos na casa de Charlie e Janette. Há um momento constrangedor, quando provavelmente deveria acompanhar Charlie até a porta, mas Landon e Janette vieram flertando o caminho todo de volta, e não sei como nós quatro faríamos isso ao mesmo tempo.

Janette abre a porta do carro, depois Landon abre a dele, então Charlie e eu esperamos do lado de dentro.

— Estão pegando o telefone um do outro — comenta Charlie, observando-os. — Que fofo.

Ficamos em silêncio assistindo aos gracejos dos dois, até que Janette entra em casa.

— Nossa vez — brinca Charlie, abrindo a porta.

Caminho lentamente ao lado dela, torcendo para que sua mãe não me veja. Não tenho energia para lidar com aquela mulher esta noite. Fico mal por saber que Charlie vai precisar fazer exatamente isso.

Charlie retorce as mãos nervosamente. Sei que está enrolando por não querer que eu a deixe sozinha. Todas as lembranças que tem são de nós dois juntos.

— Que horas são?

Tiro o celular do bolso para conferir.

— Já passou das dez.

Ela assente com a cabeça, então espia a casa atrás de si.

— Espero que minha mãe esteja dormindo — comenta, e então fala: — Silas...

Interrompo o que quer que vá dizer.

— Charlie, não acho que deveríamos nos separar essa noite.

Ela me olha nos olhos de novo, parece aliviada. Afinal, sou a única pessoa que conhece. A última coisa de que precisamos no momento é nos distrair com pessoas que não conhecemos.

— Ótimo. Era o que ia sugerir.

Gesticulo na direção da porta.

— Mas precisa parecer que você está em casa. Entre e finja que vai dormir. Vou deixar Landon em casa e volto para buscá-la em uma hora.

Charlie assente.

— Vou até o fim da rua para nos encontrarmos — avisa. — Onde acha que deveríamos passar a noite?

Penso nisso um pouco. Deve ser melhor ficarmos na minha casa, assim podemos ver se tem algo útil no meu quarto que talvez não tenhamos percebido antes.

— Posso ajudar você a subir escondida para o meu quarto. Temos muita coisa para ver hoje.

Charlie olha para o chão.

— Subir? — repete, em tom de curiosidade. Ela inspira devagar, e posso ouvir o ar deslizando por entre seus dentes. — Silas? — Ela me encara de olhos semicerrados. Está com uma expressão acusatória, e não sei o que fiz para provocar isso. — Você não mentiria para mim, não é?

Inclino a cabeça, sem saber se escutei direito o que falou.

— Como assim?

— Tenho percebido algumas coisas. Umas *coisinhas*.

Sinto meu coração afundar. *O que foi que eu disse?*

— Charlie... não sei do que está falando.

Ela dá um passo para trás, cobrindo a boca com a mão por um instante, então aponta para mim.

— Como sabe que seu quarto fica no andar de cima se ainda nem passou em casa?

Merda. Eu falei em subirmos para o quarto.

Balançando a cabeça, ela acrescenta:

— E fez um comentário hoje lá na prisão. Disse que tinha rezado muito nos últimos dias, mas supostamente só nos lembramos do dia de *hoje*. E de manhã... quando falei que meu nome era Delilah... deu para perceber que você estava se segurando para não rir. Porque sabia que eu estava mentindo.

O tom de sua voz começa a alternar entre suspeita e medo. Ergo a palma da mão a fim de tranquilizá-la, mas Charlie dá outro passo para trás.

Isso é um problema. Não sei como responder. Não gosto de saber que prefere entrar correndo numa casa que a assustava cinco minutos atrás a ficar ao meu lado. *Por que menti para ela de manhã?*

— Charlie. Por favor, não fique com medo de mim.

Percebo que é tarde demais.

Ela corre para a porta de casa, então me lanço para a frente e jogo os braços ao redor de seu corpo, puxando-a contra o peito. Ela começa a gritar, então cubro sua boca com a mão.

— Calma — peço ao seu ouvido. — Não vou machucá-la.

A última coisa que quero é perder a confiança de Charlie, mas ela agarra meu braço com as mãos, tentando se desvencilhar.

— Tem razão, Charlie, você está certa. Menti para você. Mas se conseguir se acalmar por dois segundos, posso explicar.

Ela ergue uma das pernas enquanto ainda a seguro por trás, então pressiona o pé contra a casa e chuta com o máximo de força possível, fazendo com que caiamos para trás. Solto-a sem querer, e ela começa a engatinhar para longe de mim, mas consigo pegá-la de novo e a pressiono contra o chão. Ela me encara de olhos arregalados, mas não grita. Minhas mãos pressionam seus braços contra o chão.

— *Pare* — peço a ela.

— Por que mentiu? — grita. — Por que está fingindo que também aconteceu com você?

Ela se debate um pouco mais, então a seguro com mais firmeza.

— Não estou fingindo, Charlie! Eu estava esquecendo de tudo, assim como você. Só não aconteceu hoje. Não sei como, mas juro que só me lembro dos últimos dois dias.

Encaro-a, e ela devolve o olhar. Ainda está se debatendo um pouco, mas percebo que também quer escutar minha explicação.

— Não queria que ficasse com medo de mim no hotel, então fingi que tinha acontecido de novo. Mas juro que, até hoje de manhã, isso estava acontecendo com nós dois.

Ela para de se debater e deixa a cabeça cair para o lado. Fecha os olhos, completamente exausta. Emocional *e* fisicamente.

— Por que isso está acontecendo? — sussurra, mostrando-se derrotada.

— Não sei, Charlie — confesso, soltando um de seus braços. — Não sei mesmo. — Afasto o cabelo do rosto dela. — Vou soltar você, me levantar e entrar no carro. Depois que deixar Landon em casa, volto para buscá-la, OK?

Ela assente, mas não abre os olhos. Solto seu outro braço e me levanto devagar. Assim que paro de prendê-la no chão, ela se senta rapidamente e se arrasta para longe de mim antes de levantar.

— Menti para protegê-la. *Não* para magoá-la. Acredita em mim, certo?

Ela massageia as partes do braço onde eu a estava segurando, então assente timidamente. Em seguida, pigarreia e diz:

— Volte daqui a uma hora. E nunca mais minta para mim de novo.

Espero que entre em casa antes de voltar para o carro.

— O que diabos foi aquilo? — pergunta Landon.

— Nada — respondo, olhando pela janela enquanto passamos pela casa de Charlie. — Estava só me despedindo. — Estendo o braço até o banco de trás para pegar nossas coisas. — Vou voltar naquela casa *Onc Jamais* para pegar meu Land Rover.

Landon ri.

— Nós meio que o destruímos ontem à noite. Derrubando o portão.

Eu me lembro. Estava lá.

— Mas talvez ainda dê para dirigi-lo. Vale a pena tentar, e não posso continuar usando... aliás, de quem é esse carro?

— Da mamãe — esclarece. — Mandei uma mensagem para ela hoje de manhã, dizendo que seu carro estava na oficina e que precisaríamos usar o dela hoje.

Sabia que gostava desse garoto.

— Então... Janette, é? — brinco.

Landon se vira para a janela.

— Cale a boca.

*

A frente do Land Rover parecia uma escultura bizarra feita de metal retorcido e escombros. Mas, aparentemente, os danos foram apenas visuais, pois o carro ligou na hora.

Precisei me esforçar ao máximo para não entrar pelo portão de novo e gritar com aquela louca por nos mandar para a direção errada, mas não o fiz. O pai de Charlie já deve ter feito merda demais na vida dela.

Dirijo calmamente até a casa de Charlie e espero por ela no fim da rua, como combinamos. Mando uma mensagem avisando que estou num carro diferente.

Começo a analisar as teorias na minha mente enquanto a espero. É difícil me manter cético para tentar racionalizar uma explicação para nossa situação, mas só consigo pensar em eventos sobrenaturais.

Uma maldição.

Abdução alienígena.

Viagem no tempo.

Tumores cerebrais gêmeos?

Nada disso faz sentido.

Estou escrevendo bilhetes quando a porta do passageiro se abre. Uma rajada de vento entra com Charlie no carro, e me pego desejando que o vento a traga até bem perto de mim. Seu cabelo está molhado, e ela trocou de roupa.

— Oi.

— Oi — responde, afivelando o cinto. — O que estava escrevendo?

Entrego o caderno e a caneta, então saio de ré com o carro. Ela começa a ler meu resumo.

Quando termina, Charlie discorre:

— Nada disso faz sentido, Silas. Tivemos uma briga e terminamos na noite antes de tudo isso começar. No dia seguinte, não lembramos de nada, só de coisas aleatórias como livros e fotografias. Isso aconteceu por uma semana, até que você *não* perde a memória e *eu* perco. — Ela põe os pés sobre o banco do passageiro e tamborila com a caneta no caderno. — O que não estamos percebendo? Tem que ter alguma coisa. Não tenho nenhuma lembrança anterior a hoje, então o que aconteceu ontem para você *parar* de esquecer? Aconteceu algo ontem à noite?

Não respondo de imediato, fico pensando nas perguntas que fez. E em como passamos o tempo inteiro achando que outras pessoas tinham algo a ver com isso. Achamos que a Menina Camarão estava envolvida, achamos que a mãe dela estava envolvida. Por um tempo, quis acusar o pai de Charlie. Mas talvez não seja nada disso. Talvez não tenha nada a ver com outras pessoas, mas tudo a ver conosco.

Chegamos na minha casa, e não estamos nem um pouco mais perto da verdade do que estávamos hoje de manhã. Ou dois dias atrás. Ou na semana passada.

— Vamos entrar pela porta dos fundos, caso meus pais estejam acordados.

A última coisa de que precisávamos era que me vissem levando Charlie escondida para passar a noite comigo. Se entrássemos pela porta dos fundos, não passaríamos pelo escritório do meu pai.

A porta está destrancada, e eu entro primeiro. Quando vejo que a barra está limpa, agarro a mão de Charlie e a conduzo apressadamente pela casa. Subimos a escada e chegamos ao meu quarto. Quando fecho a porta atrás de nós e a tranco, ambos estamos ofegantes. Ela ri e se deixa cair na cama.

— Isso foi divertido — diz. — Aposto que já fizemos isso antes.

Charlie se senta e afasta o cabelo dos olhos, sorrindo. Depois começa a dar uma olhada pelo quarto, com os olhos de quem o vê pela primeira vez. Imediatamente, sinto um desejo no peito parecido com o que senti ontem à noite no hotel, quando ela dormiu nos meus braços. A sensação de que faria de tudo para lembrar como era amá-la. *Meu Deus, como quero aquilo de volta.* Por que terminamos o namoro? Por que deixamos tudo que aconteceu entre nossas famílias nos afetar? Olhando de fora, quase acreditaria que éramos almas gêmeas antes de tudo desmoronar. *Por que achamos que poderíamos mexer com o destino?*

Congelo.

Pelo meu olhar, ela sabe que estou pensando em algo, então se aproxima da beira da cama e inclina a cabeça.

— Lembrou de alguma coisa?

Sento na cadeira da escrivaninha e a deslizo até Charlie. Seguro suas mãos e as aperto.

— Não. Mas... talvez tenha uma teoria.

Ela endireita a postura.

— Que *tipo* de teoria?

Sei que, quando falar em voz alta, isso vai soar como uma loucura ainda maior do que já se parece na minha cabeça.

— OK, então... pode parecer bobeira. Mas ontem à noite... quando estávamos no hotel...

Ela assente, incentivando-me a continuar.

— Um dos últimos pensamentos que tive antes de dormir foi que, quando você estava desaparecida, eu não me sentia completo. Porém, quando a encontrei, foi a primeira vez em que me senti como Silas Nash. Até aquele momento, não me sentia como *ninguém*. E lembro de jurar para mim mesmo que nunca mais deixaria que nos afastássemos. Então estava pensando...

Solto as mãos dela e me levanto. Ando um pouco pelo quarto, até que Charlie também se levanta. Eu não deveria ter vergonha de dizer a próxima parte em voz alta, mas tenho. É ridículo. Mas tudo o que está acontecendo no mundo também é.

Massageio o pescoço para amenizar o nervosismo enquanto a olho nos olhos.

— Charlie? E se... quando terminamos... tivermos mexido com o destino?

Fico esperando que ria, mas, em vez disso, seus pelos se arrepiam. Charlie massageia os próprios braços enquanto se senta lentamente na cama.

— Isso é ridículo — murmura.

As palavras não têm convicção alguma, parte dela deve achar que vale a pena explorarmos essa teoria.

Sento na cadeira e me posiciono de frente para Charlie.

— E se fosse para ficarmos juntos? E ter mexido com isso causou alguma espécie de... sei lá... de ruptura.

Ela revira os olhos.

— Então está dizendo que o universo apagou todas as nossas lembranças porque *terminamos o namoro*? Isso me parece um pouco narcisista.

Balanço a cabeça.

— Sei que parece, mas sim. Hipoteticamente falando... e se almas gêmeas existirem? E se não puderem se separar depois que se encontram?

Ela une as mãos sobre o colo.

— Como isso explicaria o fato de que você se lembrou das coisas desta vez e eu não?

Ando mais um pouco pelo quarto.

— Preciso pensar na resposta — peço a ela.

Charlie espera pacientemente enquanto ando de um lado para o outro. Então, aponto um dedo para cima.

— Escute, OK?

— Estou escutando — responde.

— Nós nos amamos desde que éramos crianças. Está na cara que tínhamos um vínculo que durou nossa vida inteira, até que fatores externos começaram a se colocar entre nós. O problema com nossos pais e o ressentimento que ficou entre nossas famílias. Você ter sentido rancor por mim, por eu achar que seu pai era culpado. Existe um padrão aqui, Charlie. — Pego o caderno em que escrevi mais cedo e analiso tudo de que nos lembramos naturalmente, e tudo de que não nos lembramos. — E nossas memórias... conseguimos nos lembrar de coisas que ninguém impôs a nós. Coisas de que gostávamos por conta própria. Você se lembra de alguns livros. Lembro-me de como usar uma câmera. Lembramos das letras de nossas músicas preferidas, de certos eventos históricos, de acontecimentos aleatórios. Mas nos esquecemos das coisas que foram impostas a nós. Como o futebol.

— E quanto às pessoas? — interpela. — Por que nos esquecemos de todo mundo que conhecíamos?

— Se nos lembrássemos dessas pessoas, ainda teríamos *outras* memórias. Lembraríamos de como as conhecemos, do impacto que tiveram nas nossas vidas. — Faço uma pausa e coço a nuca. — Não sei, Charlie. Muita coisa ainda não faz sentido. Mas, ontem à noite, senti que criei uma conexão com você novamente. Como se a amasse há anos. E hoje de manhã... não perdi a memória como você. Isso deve ter algum significado.

Charlie se levanta e começa a andar de um lado para o outro.

— *Almas gêmeas?* — murmura. — É quase tão ridículo quanto uma maldição.

— Ou quanto duas pessoas tendo amnésia sincronizada?

Ela semicerra os olhos na minha direção, e posso ver sua mente trabalhando enquanto morde o dedão.

— Bem, então me explique como se apaixonou por mim de novo em apenas dois dias. E, se somos almas gêmeas, então por que *eu* não me apaixonei de novo por você?

Ela para de andar e fica esperando pela minha resposta.

— Você passou muito tempo presa na sua antiga casa. E eu passei todo aquele tempo procurando por você. Li nossas cartas de amor, vasculhei seu celular, li seus diários. Quando a encontrei ontem, parecia que já te conhecia. Para mim, ler tudo sobre o nosso passado me reconectou a você... como se alguns dos meus sentimentos antigos tivessem voltado. Mas para você... eu era praticamente um desconhecido.

Nós dois estamos sentados de novo. Pensando. Considerando a possibilidade de que essa teoria talvez seja o mais próximo que chegamos de qualquer espécie de padrão.

— Então você está sugerindo que... somos almas gêmeas. Mas que as influências externas nos arruinaram como pessoas e, por isso, nos desapaixonamos. É isso?

— Sim. Talvez. Acho que sim.

— E vai continuar acontecendo até que consigamos resolver tudo?

Dou de ombros, porque não tenho certeza. É apenas uma teoria. Contudo, faz mais sentido do que qualquer outra opção que tenhamos considerado.

Cinco minutos se passam, e nenhum de nós diz nada. Charlie finalmente se deita de novo na cama, suspirando fundo, e então diz:

— Sabe o que isso significa?

— Não.

Ela se apoia nos cotovelos e olha para mim.

— Se isso for verdade... você só tem 36 horas para fazer com que eu me apaixone.

Não sei se realmente descobrimos algo ou se vamos passar o restante do nosso tempo a caminho de um beco sem saída, mas sorrio, porque estou disposto a sacrificar as próximas 36 horas por essa teoria. Ando até a cama e me deito ao lado dela. Estamos olhando para o teto quando falo:

— Bem, Charlie linda, é melhor começarmos então.

Ela cobre os olhos com o braço e solta um muxoxo.

— Não te conheço muito bem, mas já percebi que você vai se divertir com isso.

Sorrio, pois ela tem razão.

— Está tarde — digo. — É melhor tentarmos dormir um pouco, porque seu coração vai se exercitar muito amanhã.

Programo o alarme para despertar às seis horas, para acordarmos e sairmos antes que qualquer outra pessoa da casa acorde. Charlie deita mais perto da parede e apaga em questão de minutos. Sinto que não vou conseguir pegar no sono tão cedo, então alcanço um dos seus diários na mochila e decido ler um pouco antes de dormir.

Silas é louco.

Tipo... louco mesmo. Mas, meu Deus, como me divirto. Ele começou a fazer uma brincadeira de vez em quando que ele chama de Silas Mandou. É exatamente como Seu Mestre Mandou, mas com o nome dele em vez de "Seu Mestre". Que seja. Ele é muito mais legal do que um mestre qualquer.

Fomos na Bourbon Street hoje, e estava tão quente que ficamos suados e nos sentindo péssimos. Não sabíamos para onde nossos amigos tinham ido, e só os encontraríamos uma hora depois. Dos dois, sou eu quem sempre fica resmungando, mas estava tão quente que até ele estava reclamando um pouco.

Enfim, passamos por um cara que estava em cima de um banco e tinha se pintado de prata, como um robô. Tinha uma placa encostada no banco que dizia: "Faça uma pergunta para mim. Obtenha uma resposta de verdade. Apenas 25 centavos."

Silas me entregou uma moeda, então a coloquei dentro do balde.

— Qual é o significado da vida? — perguntei ao homem prateado.

Ele virou a cabeça rigidamente e me olhou nos olhos. Com uma voz de robô muito impressionante, falou:

— Depende da vida para a qual você quer um significado.

Revirei os olhos para Silas. Era só mais um picareta enganando os turistas. Expliquei melhor a pergunta para que, pelo menos, a moeda não fosse totalmente desperdiçada.

— OK. Qual é o significado da minha vida?

Ele desceu trêmulo do banco e se encurvou a um ângulo de noventa graus. Com os dedos prateados de robô, retirou minha moeda do balde e a colocou na minha mão. Então, olhou para Silas, depois para mim, e sorriu.

— *Você, minha querida, já encontrou seu significado. Tudo o que resta a fazer... é dançar.*

Então, o cara prateado começou a dançar. Tipo... dançar de verdade. Não era nem a dança do robô, ele simplesmente abriu um sorrisão bobo, ergueu as mãos como uma bailarina e dançou como se ninguém estivesse vendo.

Naquele momento, Silas agarrou minhas mãos e tentou imitar a voz de um robô:

— *Dance. Comigo.*

Ele tentou me conduzir até a rua para dançar, mas nem a pau. Que mico. Dei um passo para trás, mas ele me envolveu com os braços e encostou a boca bem no meu ouvido. Ele sabe que fico louca com isso, então não foi nada justo. Então sussurrou:

— *Silas mandou dançar.*

Não sei o que ele tinha naquele momento. Não sei se foi porque não estava nem aí se alguém nos visse, ou se foi porque continuou falando comigo com aquela voz ridícula de robô. Seja lá o que tenha sido, tenho certeza de que me apaixonei por ele hoje.

De novo. Tipo, pela décima vez.

Então, fiz o que Silas mandou. Dancei. E sabe de uma coisa? Foi legal. Tão legal. Dançamos por toda a Jackson Square, e ainda estávamos dançando quando nossos amigos nos encontraram. Estávamos cobertos de suor e sem fôlego, e se eu estivesse nos vendo da calçada, provavelmente seria a garota fazendo uma careta e murmurando "que nojo".

Mas não sou essa garota. Não quero nunca ser essa garota. Pelo resto da vida, quero ser a garota dançando com Silas na rua.

Porque ele é louco. E é por isso que o amo.

Fecho o diário. *Será que isso aconteceu mesmo?* Quero ler mais, mas tenho medo de que, se continuar, acabe me deparando com coisas das quais não quero me lembrar.

Coloco o diário na mesa de cabeceira e me viro para poder abraçá-la. Quando acordarmos amanhã, só teremos mais um dia. Quero que deixe de lado tudo o que está acontecendo conosco, para que, assim, ela possa se concentrar genuinamente em mim, na ligação que temos, e só.

Conhecendo Charlie... vai ser difícil. Vou precisar fazer umas loucuras para conseguir isso.

Mas, felizmente... eu sou louco. *É por isso que ela me amava.*

9
Charlie

— OK, então como vamos fazer isso? — pergunto a ele enquanto andamos até o carro. — Navegamos pelo pântano numa jangada enquanto animaizinhos cantam "Beije a Moça"?

— Engraçadinha... — brinca Silas, sorrindo. Ele segura minha mão e me puxa para mais perto antes de chegarmos ao carro.

Olho para ele, surpresa.

— Charlize — começa a dizer, olhando primeiramente para meus lábios, e depois nos meus olhos. — Se me der meia chance, sei que posso fazer você se apaixonar por mim.

Limpo a garganta e tento não desviar o olhar, apesar de ter vontade de fazê-lo.

— É... isso foi um bom começo.

Silas ri. Estou tão constrangida que não sei o que fazer, então finjo um espirro. Ele sequer diz *saúde*. Apenas sorri para mim, como se soubesse que o espirro foi falso.

— Pare de olhar para mim — peço a ele.

— É exatamente esse o objetivo, Charlie. *Olhe nos meus olhos.*

Caio na gargalhada.

— Você tem seu charme, Silas Nash — flerto, andando até o meu lado do carro.

Já estamos ambos de cinto de segurança afivelado quando Silas se vira para mim e comenta:

— De acordo com uma carta que escreveu, a primeira vez em que transamos foi...

— Não! Não quero falar sobre isso. Onde achou essa carta? Achei que tinha escondido isso.

— Não muito bem — provoca, com um sorriso.

Acho que gosto do Silas galanteador. Mesmo que nos esqueçamos de tudo pela manhã, ao menos vou ter um bom dia.

— Vamos para algum lugar divertido — sugiro. — Não lembro de quando me diverti pela última vez.

Ambos começamos a rir ao mesmo tempo. Gosto dele. De verdade. É fácil estar com ele. Talvez ria demais. Tipo, estamos totalmente ferrados agora, e, mesmo assim, ele está sempre sorrindo. Preocupe-se um pouco, cara. Silas me faz rir mesmo quando eu deveria estar preocupada.

— Tudo bem — diz, olhando para mim. — Preferiria ir para o lugar citado naquela carta, onde fiz aquela coisa com a língua, mas...

É automático — deve ser coisa da Charlie —, mas, assim que ele fala isso, minha mão sobe e dá um tapa no braço dele. Silas a agarra antes que eu consiga retraí-la, então a segura contra o peito. Isso também parece já ter sido feito antes; parece ser coisa deles dois, de Charlie e Silas, e não algo meu e desse cara aqui.

Sentir meu corpo preso no dele me dá uma sensação de cansaço, mesmo que seja apenas minha mão. Não posso me dar o luxo de ficar cansada nesse momento, então puxo a mão e fico olhando pela janela.

— Você está lutando bastante contra isso — comenta. — Isso meio que contraria nosso objetivo.

Tem razão. Alcanço a mão dele e a seguro.

— Essa sou eu me apaixonando por você — ironizo. — É um amor profundo e verdadeiro.

— Será que você é menos ridícula quando tem memória?

Uso a mão livre para ligar o rádio, então respondo:

— Duvido.

Gosto de fazê-lo sorrir. Ele não precisa de muito para estender um pouco os cantos da boca, mas, para que seus lábios se curvem por completo, preciso ser especialmente atrevida. Seus lábios estão totalmente curvados agora enquanto dirige, e consigo observá-lo sem que ele me veja. Estamos agindo como se nos conhecêssemos, apesar de nosso consciente não se conhecer. Por que será?

Pego a mochila no banco de trás para buscar uma resposta nas cartas ou nos diários.

— Charlize, a resposta não está aí — sugere Silas. — Apenas fique comigo. Não se preocupe com isso.

Solto a mochila. Não sei para onde está indo. Não sei se sabe para onde está indo, mas acabamos parando num estacionamento bem na hora em que começa a chover. Não tem nenhum outro carro por perto, e a chuva está forte demais para que eu consiga enxergar o que há nos prédios ao redor.

— Onde estamos?

— Não sei — diz Silas. — Mas é melhor sairmos do carro.

— Está chovendo.

— Sim. Silas mandou sair do carro.

— Silas Mandou? Tipo *Seu Mestre* Mandou?

Ele me encara com expectativa, então dou de ombros. Sinceramente, o que tenho a perder? Abro a porta do carro e saio para a rua. A chuva está morna. Inclino o rosto para cima e a deixo cair sobre mim.

Escuto outra porta bater, e, na sequência, Silas dá a volta correndo pela frente do carro e para diante de mim.

— Silas mandou correr em volta do carro cinco vezes.

— Você é esquisito, sabia?

Ele me encara. Dou de ombros de novo e começo a correr. É gostoso. Parece que, a cada passo, um pouco da tensão que sinto abandona meu corpo.

Não olho para ele quando passo ao seu lado, apenas me concentro em não tropeçar. Talvez Charlie praticasse atletismo ou algo assim. Cinco voltas depois, paro de frente para ele. Nós dois estamos encharcados. Vejo gotas de chuva penduradas nos cílios dele e escorrendo pelo pescoço. Por que sinto vontade de passar a língua nesses filetes de água?

Ah, pois é. Estávamos apaixonados. Ou, talvez, seja porque ele é supergato.

— Silas mandou entrar naquela loja e pedir um cachorro-quente. Quando disserem que não vendem cachorro-quente, bata o pé no chão com força e grite como fez lá no hotel.

— Hã?

Ele cruza os braços por cima do peito.

— Silas mandou.

Por que diabos estou fazendo isso? Lanço um olhar fulminante em sua direção, e então saio correndo na direção da loja para onde apontou. É uma seguradora. Assim que abro a porta, três adultos de expressão ranzinza erguem as cabeças para ver quem entrou ali. Um deles até tem a audácia de enrugar o nariz para mim, como se eu não soubesse que estou pingando água por toda parte.

— Quero um cachorro-quente completo.

Todos me olham inexpressivamente.

— Você está bêbada? — pergunta a recepcionista. — Precisa de ajuda? Como se chama?

Bato o pé no chão e solto um grito ensurdecedor, fazendo com que os três derrubem o que quer que estivessem segurando e se entreolhem.

Aproveito o hiato de surpresa daquelas pessoas para sair correndo dali. Silas está me esperando do lado de fora, com o corpo encurvado de tanto gargalhar.

Dou um murro no braço dele e vamos correndo até o Rover. Posso ouvir minha própria risada se fundindo à dele. Aquilo foi divertido. Entramos no carro e saímos em disparada, bem na hora em que os Ranzinzas Um, Dois e Três saem da seguradora para nos encarar.

Silas dirige por alguns quilômetros, então para novamente em outro estacionamento. Desta vez, vejo a placa reluzente: As melhores carolinas recheadas da Louisiana!

— Estamos encharcados — afirmo, incapaz de tirar o sorriso do rosto. — Tem noção da bagunça que essas carolinas fazem?

— Silas mandou comer dez carolinas recheadas — diz, estoicamente.

— Argh. Por que precisa agir como um robô durante essa brincadeira? Acho isso meio bizarro.

Ele não responde.

Pegamos uma mesa perto da janela, então pedimos café e duas dúzias de carolinas. A garçonete não parece se incomodar com nossas roupas molhadas, nem com a voz de robô de Silas.

— Ela nos achou fofos — comento.

— E somos mesmo.

Reviro os olhos. Isso é divertido. *Será que Charlie acharia isso divertido?*

Quando as carolinas chegam, estou com tanta fome que não me importo com as roupas e o cabelo encharcados. Vou com tudo, soltando gemidos a cada vez em que a massa morna toca minha língua. Silas me observa curiosamente.

— Está gostando mesmo, hein?

— Na verdade, essas carolinas são horríveis — confesso. — Mas é que estou adorando a brincadeira.

Comemos o máximo que aguentamos, até ficarmos completamente sujos de açúcar de confeiteiro. Antes de ir embora, Silas esfrega um pouco do açúcar do meu rosto e cabelo. Para não sair perdendo, retribuo o favor. Meu Deus, como esse cara é divertido. Talvez eu meio que entenda o que Charlie vê nele.

Silas

Ela está gostando. Quase não sorriu nos últimos dias em que estive com ela, mas agora não consegue *parar* de rir.

— E agora, para onde vamos? — indaga, juntando as mãos com um estalido.

Charlie ainda tem um pouco de açúcar de confeiteiro no canto da boca, então estico o braço por cima do banco e o limpo com o dedão.

— Vamos para o French Quarter — aviso. — Lá tem muitos lugares românticos.

Charlie revira os olhos, rolando a tela do celular.

— O que será que fazíamos para nos divertir? Além de tirar selfies.

— Pelo menos todas as selfies eram boas.

Ela me olha com pena.

— Isso é uma contradição. Não *existe* selfie boa.

— Devo discordar. Vi a pasta de fotos do seu celular.

Ela abaixa a cabeça e olha pela janela, mas posso ver o tom rosado das suas bochechas ficando mais intenso.

*

Estaciono o carro. Agora não tenho plano algum em mente. Comemos tantas carolinas no café da manhã que não sei se Charlie já vai ter apetite para almoçar.

Passamos a primeira parte da tarde andando por todas as ruas, parando em quase todas as lojas. É como se estivéssemos tão fascinados com o cenário que nos esquecêssemos do objetivo do dia. Preciso fazê-la se apaixonar por mim. E ela precisa se apaixonar por mim. *Foco no objetivo, Silas.*

Estamos na Dauphine Street quando passamos pelo que parece ser uma livraria. Charlie dá meia-volta e segura minhas mãos.

— Vem. — Ela me conduz para dentro da loja. — Tenho certeza de que a chave do meu coração está aí dentro.

Há livros empilhados do chão ao teto, em todas as direções: de lado, de baixo para cima; há livros sendo usados como prateleiras para enfileirar mais livros. Do nosso lado direito, tem um homem sentado atrás do balcão do caixa, que está coberto com ainda mais livros. Ele nos cumprimenta com um aceno de cabeça quando entramos. Charlie vai direto para o fundo do estabelecimento, o que não é muito longe. O lugar é pequeno, mas contém mais livros do que alguém seria capaz de ler em uma vida inteira. Ela os toca ao passar por eles, olhando para cima, para baixo, ao redor. Chega até a rodopiar ao alcançar o fim do corredor. Certamente está se sentindo em casa, mesmo que não se lembre disso.

Agora está voltada para um canto, tirando da prateleira um livro vermelho. Aproximo-me por trás e lanço mais um desafio do *Silas Mandou*.

— Silas mandou... abrir o livro numa página aleatória e ler as primeiras frases que encontrar...

Charlie dá uma risadinha.

— Isso é fácil.

— Não terminei — protesto. — Silas mandou ler as frases o mais alto que conseguir.

Ela se vira para mim, os olhos arregalados. Mas então um sorriso malicioso aparece no seu rosto; Charlie endireita a postura enquanto segura o livro diante do rosto.

— Está bem — assente. — Foi você quem pediu. — Charlie pigarreia, e depois lê no volume mais alto que consegue. — TIVE VONTADE DE CASAR COM ELA! DE COMPRAR UM AVIÃO MÁGICO E LEVÁ-LA PARA UM LUGAR ONDE NADA DE RUIM PUDESSE ACONTECER! DE DERRAMAR CIMENTO NO PEITO INTEIRO, DEPOIS DEITAR EM CIMA DELA PARA QUE FICÁSSEMOS GRUDADOS, PARA QUE DOESSE MUITO SE TENTÁSSEMOS NOS SEPARAR EM ALGUM MOMENTO!

Quando chega ao final, Charlie está gargalhando. Porém, assim que começa a assimilar as palavras que leu, a risada desaparece. Passa os dedos por cima das frases, como se tivessem algum significado especial para ela.

— Isso é muito lindo — constata, então folheia o livro até parar com o dedo sobre um parágrafo diferente. Então, sussurrando bem baixinho, começa a ler de novo. — *O destino é a atração magnética das nossas almas pelos lugares, coisas e pessoas a quem pertencemos.*

Ela observa o livro por um instante, depois o fecha. Guarda-o de volta na prateleira, mas afasta outros dois livros para que este fique mais em destaque.

— Você acredita nisso?

— Em qual parte?

Charlie recosta o ombro em uma parede de livros, e seu olhar me atravessa por cima do ombro.

— Que nossas almas se atraem pelas pessoas a quem pertencemos.

Estendo o braço e seguro uma mecha do seu cabelo, então passo os dedos por ela e a enrolo no meu indicador.

— Não sei se normalmente acredito em almas gêmeas — digo. — Mas, pelas próximas 24 horas, aposto minha vida nesse conceito.

Ela gira os ombros até que suas costas toquem a parede de livros, ficando de frente para mim. Eu *certamente* apostaria minha vida nesse conceito agora. De alguma maneira, o que sinto por essa garota nem cabe dentro de mim. E o que mais quero é que ela sinta o mesmo que eu. Que *queira* o mesmo que eu. E, nesse exato momento... o que eu quero é a boca dela na minha.

— Charlie... — Solto a mecha de cabelo e levo a mão até sua bochecha. Toco nela com carinho, e as pontas dos meus dedos percorrem a maçã do seu rosto. A respiração dela está rápida e curta. — Me beije.

Ela esfrega o rosto levemente na minha mão, e seus olhos pestanejam. Por um instante, acho que realmente vai me beijar. Em seguida, porém, um sorriso rouba sua expressão encantada, então fala:

— Silas não mandou.

Charlie se esgueira por debaixo do meu braço e desaparece no corredor ao lado. Não vou atrás dela. Em vez disso, pego o livro que estava lendo e o levo até o caixa.

Ela sabe o que estou fazendo. Enquanto estou no caixa, fica me observando do corredor. Compro o livro, saio da loja e fecho a porta. Espero alguns segundos para ver se virá atrás de mim, mas isso não acontece. É a mesma Charlie teimosa de sempre.

Tiro a mochila do ombro e enfio o livro dentro dela. Em seguida, pego minha câmera e a ligo.

Ela passa mais meia hora dentro da livraria, mas não me incomodo com isso. Sei que tem certeza de que ainda estou aqui. Tiro uma foto após a outra, absorto nas pessoas que passam e na maneira como o sol está se pondo por cima dos prédios, lançando sombras até nas coisas mais minúsculas. Fotografo tudo aquilo. Quando Charlie finalmente reaparece, já estou quase sem bateria.

Ela se aproxima de mim e pergunta:

— Cadê meu livro?

Lanço a mochila por cima do ombro antes de responder.

— Não comprei o livro para você. Comprei para mim.

Charlie dá uma bufada, então me segue rua abaixo.

— Mandou mal, Silas. Deveria ser atencioso comigo, mas está sendo egoísta. Quero me apaixonar por você, não ficar irritada.

Dou uma risada.

— Por que tenho a sensação de que, com você, o amor e a irritação andam lado a lado?

— Bem, *você* me conhece há mais tempo do que eu mesma. — Charlie agarra minha mão para que eu pare. — Olha! Lagostim! — Ela me puxa na direção do restaurante. — Nós gostamos de lagostim? Estou morrendo de fome!

*

Acontece que *não* gostamos de lagostim. Felizmente, o cardápio também tinha iscas de frango. Aparentemente, nós dois gostamos de frango.

— É melhor escrevermos isso em algum lugar — sugere, andando de costas no meio da rua. — Odiamos lagostim. Nunca mais quero passar por aquela experiência terrível.

— Espera! Você vai... — Charlie cai de bunda no chão antes que eu possa terminar a frase. — Tropeçar num buraco — concluo.

Estendo o braço para ajudá-la a se levantar, mas não posso fazer muito por sua calça. Finalmente estávamos secos depois da chuva que tomamos de manhã, mas agora ela está encharcada novamente. Desta vez, de lama.

— Está tudo bem? — pergunto, tentando segurar o riso.

Ênfase no *tentando*, pois estou rindo mais do que já ri durante o dia inteiro.

— Sim, sim — diz ela, enquanto tenta limpar a lama da calça e das mãos. Ainda estou rindo quando Charlie semicerra os olhos e aponta para a poça de lama. — Charlie mandou você se sentar buraco, Silas.

Balanço a cabeça.

— Não. De jeito nenhum. A brincadeira se chama *Silas Mandou*, não *Charlie Mandou*.

— Ah, é? — desafia, erguendo uma sobrancelha enquanto se aproxima de mim. — Charlie mandou você se sentar buraco. Se Silas fizer o que Charlie mandou, Charlie vai fazer *tudo* o que Silas mandar.

Isso é uma espécie de convite? *Estou gostando da Charlie paqueradora*. Olho para o buraco. Não é *tão* fundo assim. Giro sobre os calcanhares e agacho até me sentar de pernas cruzadas no meio da poça de água enlameada. Mantenho o olhar focado em Charlie, evitando testemunhar a atenção que devemos estar recebendo dos transeuntes. Ela segura a risada, mas dá para perceber o quanto está gostando disso.

Continuo sentado no buraco até que Charlie fique envergonhada. Depois de vários segundos, apoio-me nos cotovelos e cruzo as pernas. Alguém tira uma foto minha nessa posição, então Charlie gesticula.

— Levante-se — pede, olhando ao redor. — Rápido.

Balanço a cabeça.

— Não posso. Charlie não mandou.

Ela agarra minha mão, rindo.

— Charlie mandou *levantar*, seu idiota — diz, então me ajuda a levantar e segura minha camiseta, pressionando o rosto contra o meu peito. — Meu Deus, todo mundo está nos olhando.

Eu a abraço e começo a balançar para a frente e para trás, o que provavelmente não era o que esperava. Ela ergue os olhos para encontrar os meus, ainda agarrando minha camiseta.

— Já podemos ir? Vamos embora.

Balanço a cabeça.

— Silas mandou dançar.

— É sério isso? — resmunga, franzindo a testa.

A essa altura, várias pessoas já pararam para ver o que está acontecendo, e algumas delas estão tirando fotos nossas. Dá para entender. Eu provavelmente também tiraria fotos de um idiota que se sentou de propósito numa poça de lama.

Solto seus dedos da minha camiseta e seguro suas mãos, obrigando-a a dançar ao som de uma música inexistente. No início, ela fica rígida, mas logo deixa a risada falar mais alto do que a vergonha. Dançamos por toda a Bourbon Street, esbarrando nas pessoas pelo caminho. Ela dá risada o tempo inteiro, como se nada nesse mundo pudesse preocupá-la.

Depois de alguns minutos, somos obrigados a parar por causa da multidão. Paro de rodopiá-la e a puxo para junto do peito. Ficamos ali, dançando devagar, para a frente e para trás. Ela ergue o olhar para mim, balançando a cabeça.

— Você é louco, Silas Nash — constata.

Faço que sim com a cabeça.

— Ótimo. É por isso que você me ama.

O sorriso dela esvaece por um instante, e seu olhar me faz parar de dançar. Charlie encosta a mão no meu peito, com a palma sobre meu coração, e a observa ali. Já sei que não está sentindo um batimento cardíaco. Está mais para uma bateria de escola de samba.

Ela me encara de novo, então seus lábios se separam enquanto sussurra:

— Charlie mandou... beijar Charlie.

Eu a teria beijado mesmo que Charlie não tivesse mandado. Enrosco a mão no seu cabelo um segundo antes de meus lábios encontrarem os seus. Quando ela abre a boca, sinto como se estivesse abrindo um buraco no meu peito e apertando meu coração. Dói, não dói, é lindo, é apavorante. Quero que isso dure uma eternidade, mas vou perder o fôlego se esse beijo durar mais um minuto sequer. Coloco os braços ao redor da sua cintura e, quando a puxo para perto, ela geme baixinho dentro da minha boca. *Meu Deus.*

Neste momento, apenas tenho espaço na cabeça para uma forte crença de que o destino *certamente* existe. Destino... almas gêmeas... viagem no tempo... o que for. Isso *tudo* existe. Porque é isso que o beijo dela me faz sentir. A própria *existência*.

Alguém esbarra em nós, quebrando o transe. Nossas bocas se separam, mas é preciso esforço para afastar essa força que nos dominou, qualquer que seja. O som que emana de todas as portas abertas ao longo da rua volta a ficar em evidência. As luzes, as pessoas, as risadas; todas as coisas externas que os dez segundos de beijo bloquearam começam a retornar. O sol está se pondo, e a noite parece transformar a rua inteira em um mundo totalmente diferente. Não há nada que eu queira mais no momento do que tirá-la daqui. Contudo, nenhum de nós consegue se mover, e, quando vou segurar sua mão, meu braço parece pesar uns dez quilos. Ela entrelaça os dedos nos meus, e começamos a andar em silêncio na direção do estacionamento onde está meu carro.

Nenhum de nós diz uma única palavra no caminho até lá. Depois que entramos no carro, espero um momento antes de ligá-lo. Está tudo pesado demais. Não quero começar a dirigir sem que coloquemos para fora o que precisamos dizer. Beijos como esse não podem passar batidos.

— E agora? — pergunta, olhando pela janela.

Fico observando Charlie por um instante, mas ela não se move. É como se estivesse congelada, suspensa no tempo entre o último beijo e o próximo.

Afivelo o cinto e passo a marcha. *E agora?* Não faço ideia. Quero beijá-la daquele jeito mais um milhão de vezes, mas cada um deles terminaria justamente como aquele primeiro: com o medo de que eu não me lembre disso amanhã.

— É melhor voltarmos para casa e dormirmos bem — afirmo. — Também acho bom escrevermos mais bilhetes, caso...

Não termino a frase.

Charlie afivela o cinto.

— Caso esse negócio de almas gêmeas não exista... — conclui.

11
Charlie

No caminho para a casa de Silas, penso em tudo que descobrimos hoje. Penso no meu pai, e em como ele não é uma boa pessoa. Parte de mim tem medo de que isso seja hereditário. Já li o suficiente sobre mim para saber que não tratava as pessoas muito bem. Inclusive Silas.

Só espero que a pessoa que acabei me tornando seja resultado de influências externas, e que isso não signifique que sempre serei assim, uma pessoa vingativa, traidora e superficial.

Abro a mochila e começo a ler mais bilhetes enquanto Silas dirige. Encontro um trecho que fala de arquivos que Silas roubou do pai dele, que suspeitamos que possam incriminar o meu. Por que ele roubaria esse material do próprio pai? E se meu pai é culpado, e acredito que seja, por que Silas esconderia isso?

— Por que acha que roubou esses arquivos do seu pai? — indago.

Ele dá de ombros.

— Não sei. Minha única teoria é a de que talvez tenha feito isso pois me sentia mal por você. Talvez não quisesse que seu pai ficasse preso por mais tempo, porque isso a deixaria arrasada.

Parece algo que Silas faria.

— Os documentos ainda estão no seu quarto? — pergunto.

Silas assente.

— Acho que sim. Li em algum lugar que os guardei perto da cama.

— Quando chegarmos, acho que deveria entregá-los ao seu pai.

Silas lança um olhar na minha direção.

— Tem certeza disso?

Eu assinto.

— Ele arruinou muitas vidas, Silas, e merece pagar por isso.

*

— Charlie não sabia que você estava com esses documentos?

Estou do lado de fora do escritório do pai de Silas. Quando ele me viu entrando em sua casa, achei que fosse bater no filho. Silas pediu que eu lhe desse cinco minutos para explicar a situação. Subiu correndo, pegou os arquivos e os devolveu para o pai.

Não consigo escutar a conversa inteira. Silas está explicando que escondeu os arquivos para me proteger. Está pedindo desculpas, e seu pai está em silêncio. E então...

— Charlie? Pode vir aqui, por favor?

O pai dele me dá medo. Não da mesma forma que o meu pai. Clark Nash é intimidante, mas não parece ser uma pessoa má. Não como Brett Wynwood.

Entro no escritório, e ele gesticula para que eu me sente ao lado de Silas. Fica andando de um lado a outro da escrivaninha, então faz uma pausa. Ao se voltar para nós, olha diretamente para mim.

— Preciso pedir desculpas a você.

Sei que minha expressão de choque é visível.

— Precisa?

Ele assente.

— Fui duro demais com você. O que seu pai fez comigo, com nossa empresa, aquilo não teve nada a ver com você. Mas eu a culpei quando os arquivos desapareceram, pois sabia que você o defendia fervorosamente. — Ele olha para Silas. — Estaria mentindo se dissesse que não estou decepcionado com você, Silas, por interferir em uma investigação federal...

— Eu tinha 16 anos, pai. Não sabia o que estava fazendo. Mas agora sei, e Charlie e eu queremos corrigir isso.

Clark Nash assente, e depois dá a volta na escrivaninha para se sentar.

— Então isso significa que a veremos mais por aqui, Charlie?

Olho para Silas, e depois para seu pai.

— Sim, senhor.

Ele abre um leve sorriso, igual ao de Silas. Clark deveria sorrir mais.

— Tudo bem, então — conclui.

Silas e eu interpretamos isso como um sinal para irmos embora. Subimos as escadas, então Silas finge desfalecer e senta no degrau mais alto, agarrando o peito.

— Meu Deus, que homem apavorante — afirma.

Dou uma risada e o ajudo a se levantar.

Se as coisas não derem certo para nós dois amanhã, pelo menos teremos feito uma boa ação.

*

— Charlie, gostei de você ter levado tudo na esportiva hoje — brinca Silas, jogando uma camiseta para mim.

Estou sentada de pernas cruzadas no chão de seu quarto. Pego a camiseta e a sacudo para vê-la melhor. É da colônia de férias. Ele não me deu nenhuma calça.

— É esse o seu jeito de flertar comigo? — ironizo. — Enfiando esportes no meio do elogio?

Silas faz uma careta.

— Olhe ao seu redor. Está vendo alguma coisa relacionada a esportes nesse quarto?

É verdade. Ele parece gostar mais de fotografia do que de qualquer outra coisa.

— Você joga no time de futebol americano do colégio — afirmo.

— É, mas não queria.

— Charlie mandou sair do time — falo para ele.

— Talvez eu saia mesmo — constata, então abre a porta do quarto.

Posso ouvi-lo descendo dois degraus de cada vez. Aguardo um pouco para ver o que está fazendo, e logo ele sobe a escada correndo, abre a porta de novo e sorri.

— Acabei de dizer para o meu pai que vou sair do time — diz, orgulhosamente.

— E como ele reagiu?

Silas dá de ombros.

— Não sei. Devo ter medo dele, porque, depois de contar, subi a escada o mais rápido possível. — Ele pisca para mim. — E *você, Charlie*, o que vai abandonar?

— Meu pai — respondo com facilidade. — Charlie precisa se afastar das coisas que impedem seu amadurecimento emocional.

Silas para o que está fazendo e me encara. É um olhar estranho, que ainda não conheço.

— *O que foi?* — indago, ficando instantaneamente na defensiva.

Ele balança a cabeça.

— Nada. Apenas achei uma boa ideia.

Abraço os joelhos e fico olhando fixamente para o carpete. Por que será que, quando me elogiou, senti meu corpo inteiro se energizar? Não imagino que as opiniões de Silas importem tanto assim para Charlie. Para *mim*. Certamente me lembraria se isso fosse verdade. E quem deve ter as opiniões que mais importam para alguém? Os pais da pessoa? *Os meus são zoados.*

O namorado? *Se a pessoa não estiver com um santo como Silas Nash, isso poderia dar muito errado.* Penso no que diria para Janette se me fizesse essa pergunta.

— Confie no seu instinto — afirmo em voz alta.

— Do que está falando? — pergunta Silas.

Ele está agachado, vasculhando uma caixa que encontrou dentro do armário. Ao me ouvir, inclina-se na minha direção para me olhar.

— Confie no seu instinto. Não no coração, que quer agradar a todos, nem no cérebro, que confia demais na lógica.

Ele assente devagar, sem tirar os olhos de mim.

— Charlize, acho muito sexy quando diz coisas profundas assim. Então, a não ser que queira outra rodada de Silas Mandou, é melhor parar com essas reflexões mais intensas.

Solto a camiseta e olho para ele. Penso no dia de hoje. Penso no nosso beijo, e em como estaria mentindo se dissesse que não desejo que me beije de novo daquela maneira. Dessa vez com privacidade, sem ter uma dezena de olhares sobre nós. Estendo a mão para baixo e agarro um pedaço do carpete. Sinto o calor tomar conta do meu rosto.

— E se eu *quisesse* outra rodada de Silas Mandou? — provoco.

— Charlie... — diz, quase como se meu nome fosse uma advertência.

— O que Silas mandaria?

Ele se levanta, eu também. Observo enquanto Silas passa a mão pela nuca, e meu coração dispara como se estivesse tentando se desgarrar de mim e sair correndo do quarto antes que Silas o alcançasse.

— Tem certeza de que quer brincar? — pergunta, me analisando da cabeça aos pés.

Assinto. *E por que não?* De acordo com nossas cartas, não vai ser a primeira vez que fazemos isso. E talvez nem nos lembremos disso amanhã.

— Tenho — afirmo, tentando passar mais confiança do que estou sentindo de fato. — É o que mais gosto de fazer.

De repente, ele parece mais firme, mais confiante de si mesmo, e ver essa transformação me dá um frio na barriga.

— Silas mandou... tirar a camiseta.

Ergo as sobrancelhas, mas obedeço, puxando a barra da camiseta por cima da cabeça. Posso ouvi-lo prender a respiração, mas não consigo encará-lo. Então, a alça do meu sutiã escorrega pelo ombro.

— Silas mandou... abaixar a outra alça do sutiã.

Sinto a mão tremer um pouco enquanto obedeço. Silas se aproxima lentamente, os olhos fixos no braço que mantém meu sutiã no lugar. Seu olhar encontra o meu, e o canto de sua boca se encurva ligeiramente. Ele acha que estou prestes a desistir da brincadeira. Dá para perceber.

— Silas mandou... soltar o fecho.

O sutiã é do tipo que abre pela frente. Mantenho os olhos nos dele enquanto solto o fecho. Silas engole em seco quando retiro o sutiã e o seguro nas pontas dos dedos. O ar frio e o olhar dele me dão vontade de me virar. Os olhos de Silas acompanham a trajetória do sutiã até o chão. Ao me encarar novamente, está sorrindo. Mas também não está. Não sei como faz isso: parece estar tão feliz e tão sério ao mesmo tempo.

— Silas mandou vir até aqui.

Não consigo me virar de costas quando olha para mim desse jeito. Vou até ele e, quando o alcanço, Silas estende o braço na minha direção. Ele coloca a mão atrás da minha cabeça e passa os dedos pelo meu cabelo.

— Silas mandou...

— Cale a boca, Silas — interrompo. — Apenas me beije.

Ele mergulha a cabeça e prende meus lábios num beijo intenso que me faz esticar o pescoço para cima. Pressiona a boca suavemente contra a minha, uma, duas, três vezes antes de separar meus lábios com a língua. Beijar Silas é algo ritmado, como se já tivéssemos treinado isso outras vezes, e não somente essa tarde. A mão dele agarra meu cabelo com firmeza, fazendo meus joelhos fraquejarem. Fico ofegante, meus olhos perdem o foco.

Será que confio nele?

Eu confio nele.

— Charlie mandou tirar a camiseta — balbucio contra a boca dele.

— O nome da brincadeira é *Silas Mandou*.

Minhas mãos escalam a pele quente da sua barriga.

— Não é mais.

12

Silas

— Charlie linda — sussurro, deslizando o braço por cima dela, então pressiono os lábios contra a curvatura do seu ombro. Ela se mexe um pouco, depois puxa a coberta para cima da cabeça. — Charlie, hora de acordar.

Ela gira para o meu lado, mas não se descobre. Mergulho sob a coberta também, e ficamos os dois ali embaixo. Ela abre os olhos e franze a testa.

— Você está cheiroso — constata. — Não é justo.

— Tomei um banho.

— E escovou os dentes?

Assinto, e ela franze as sobrancelhas novamente.

— Não é justo — repete. — Quero escovar os dentes.

Tiro a coberta de cima de sua cabeça, e Charlie cobre os olhos com a mão e solta um muxoxo.

— Então vá logo escovar os dentes para poder voltar e me beijar.

Charlie se levanta da cama e vai até o banheiro. Posso ouvir a água da pia, mas o som logo é abafado pelos barulhos que chegam do andar inferior: panelas e potes tinindo, portas de armário batendo. Parece que alguém está fazendo faxina. Olho o relógio: são quase nove da manhã.

Mais duas horas.

A porta do banheiro se abre e Charlie atravessa o quarto correndo, então pula para a cama e se cobre rapidamente.

— Está frio lá fora — constata, os lábios tremendo.

Puxo-a para perto de mim e pressiono a boca contra a dela.

— Agora melhorou — diz.

E é assim que nos ocupamos enquanto faço o possível para perder a noção do tempo: dando uns amassos.

— Silas — murmura, enquanto subo pelo seu pescoço. — Que horas são?

Estendo o braço na direção da mesa de cabeceira e olho para meu celular.

— Nove e quinze.

Ela suspira, e sei exatamente no que está pensando. Também estou pensando nisso.

— Não quero me esquecer dessa parte — confessa, olhando para mim com olhos que parecem dois corações partidos.

— Nem eu — sussurro.

Ela me beija de novo, suavemente. Sinto seu coração disparar dentro peito, e sei que não é porque estamos nos beijando debaixo das cobertas. É porque está com medo. Queria fazer com que esse medo desaparecesse, mas não posso. Puxo-a para perto de mim, então a abraço. Poderia abraçá-la assim para sempre, mas sei que precisamos fazer outras coisas agora.

— Podemos esperar pelo melhor, mas acho que deveríamos nos preparar para o pior — alerto.

Ela assente com a cabeça contra meu peito.

— Eu sei. Só mais cinco minutos, OK? Vamos ficar aqui por mais cinco minutos, fingindo que estamos tão apaixonados quanto antes.

Suspiro.

— Não preciso fingir a essa altura, Charlie.

Ela sorri e pressiona os lábios no meu peito.

Vou dar a ela quinze minutos. Cinco não bastam.

Quando o tempo acaba, saio da cama e a levanto.

— Precisamos tomar café da manhã. Se der 11h e surtarmos de novo, pelo menos teremos algumas horas sem que precisemos nos preocupar com comida.

Trocamos de roupa e descemos as escadas. Ezra parece estar tirando a mesa do café da manhã quando chegamos na cozinha. Ela vê Charlie esfregando os olhos e ergue a sobrancelha para mim. Deve achar que estou brincando com a sorte por trazê-la aqui.

— Não se preocupe, Ezra. Meu pai falou que agora tenho permissão para amar Charlie.

Ezra sorri de volta para mim.

— Estão com fome?

Eu assinto.

— Sim, mas podemos preparar nossa própria comida.

Ela gesticula no ar.

— Que besteira. Vou fazer o que você mais gosta.

— Obrigada, Ezra — agradece Charlie, sorrindo.

Um rápido olhar de surpresa surge no rosto de Ezra, então ela vai até a despensa.

— Meu Deus — diz Charlie, baixinho. — Acha que eu era tão terrível assim? A ponto de alguém ficar chocado até mesmo por eu dizer obrigada?

Nesse momento, minha mãe entra na cozinha. Mas para, sobressaltada, ao ver Charlie.

— Você passou a noite aqui? — pergunta, e não parece muito feliz com isso.

— Não — minto por Charlie. — Acabei de pegá-la em casa.

Minha mãe semicerra os olhos. Não preciso ter lembranças dela para saber que está desconfiada.

— Por que não estão no colégio?

Ficamos em silêncio por um instante, e, de repente, Charlie responde:

— Hoje é ponto facultativo.

Minha mãe assente, sem perguntar nada, então vai até a despensa e começa a falar com Ezra.

— O que é ponto facultativo? — sussurro.

Charlie dá de ombros.

— Não faço ideia, mas pareceu convincente. — Charlie ri, e, em seguida, sussurra: — Qual é o nome da sua mãe?

Abro a boca para responder, mas não sei a resposta.

— Não faço ideia. Nem mesmo sei se anotei isso em algum lugar.

Minha mãe coloca a cabeça para fora da despensa.

— Charlie, vai jantar conosco hoje?

Charlie olha para mim, depois para minha mãe.

— Sim, senhora. Se eu me lembrar.

Dou uma risada; Charlie sorri. Por um breve segundo, esqueço que estamos prestes a passar por tudo aquilo de novo.

Percebo que Charlie está observando o relógio do fogão. Vejo a preocupação não somente em seus olhos, mas em todo seu corpo. Seguro sua mão com firmeza.

— Não pense nisso — murmuro. — Só daqui a uma hora.

*

— Não sei como alguém poderia se esquecer do quanto isso é maravilhoso — afirma Charlie, dando a última mordida no que quer que seja que Ezra preparou para nós.

Há quem chame isso de café da manhã, mas comida desse tipo merece outra categoria.

— O que é isso mesmo? — pergunta Charlie para Ezra.

— Rabanada com Nutella.

Charlie escreve *Rabanada com Nutella* em um pedaço de papel e desenha dois corações. Depois, acrescenta outra frase: *Você odeia lagostim, Charlie!*

Antes de sairmos da cozinha e voltarmos para meu quarto, Charlie vai até Ezra e lhe dá um abraço apertado.

— Obrigada pelo café da manhã, Ezra — agradece, e Ezra pausa por um momento antes de retribuir o gesto.

— De nada, Charlize.

— Pode preparar isso da próxima vez em que eu vier tomar café da manhã aqui? Mesmo que eu não me lembre de ter comido hoje?

Ezra dá de ombros.

— Imagino que sim.

Enquanto subimos, Charlie comenta aleatoriamente:

— Sabe de uma coisa? Acho que nos tornamos pessoas más por causa do dinheiro.

— Do que está falando?

Chegamos ao meu quarto, e fecho a porta após entrarmos.

— Parece que éramos pessoas ingratas. Um pouco mimados. Não sei se nossos pais nos ensinaram a ser boas pessoas. Então, de certa maneira... fico feliz por isso ter acontecido.

Sento na cama e a puxo para perto do meu peito. Ela apoia a cabeça no meu ombro e levanta os olhos até os meus.

— Acho que você sempre foi um pouco mais bondoso do que eu. Mas sinto que nenhum de nós pode se orgulhar de quem éramos.

Dou um beijo rápido nos lábios dela e encosto a cabeça contra a parede.

— Acho que éramos um produto do nosso ambiente. Por dentro, somos pessoas boas. Podemos perder a memória de novo, mas ainda somos os mesmos por dentro. Bem no fundo, queremos fazer o bem. Queremos ser pessoas *boas*. Bem no fundo, nos amamos. Muito. E, seja lá o que está acontecendo, não parece afetar esse sentimento.

Ela entrelaça os dedos nos meus e aperta. Ficamos sentados em silêncio por um tempo. De vez em quando, olho o celular. Temos cerca de dez minutos antes das 11h, e acho que nenhum de nós sabe o que fazer com esse tempo. Já escrevemos mais bilhetes do que seremos capazes de entender nas próximas 48 horas.

Tudo o que podemos fazer agora é esperar.

13
Charlie

Meu coração bate tão rápido que está perdendo o ritmo. Minha boca está seca. Pego a garrafa d'água da mesa de cabeceira de Silas e tomo um grande gole.

— Isso é apavorante — constato. — Queria que pudéssemos acelerar os próximos cinco minutos e resolver isso tudo de uma vez.

Ele senta com a coluna ereta e segura minha mão.

— Fique de frente para mim.

Faço o que pede. Estamos ambos de pernas cruzadas sobre a cama, na mesma posição em que estávamos no quarto do hotel dois dias atrás. Pensar naquela manhã me deixa nauseada. Não quero aceitar a possibilidade de que, em alguns minutos, talvez não saiba mais quem ele é.

Preciso ter fé desta vez. Isso não pode ficar acontecendo para sempre. *Não é?*

Fecho os olhos e tento controlar a respiração. Sinto a mão de Silas se erguer e afastar o cabelo dos meus olhos.

— O que você mais tem medo de esquecer? — pergunta.

Abro os olhos.

— Você.

Ele passa o dedão pela minha boca e se inclina para me beijar.

— Eu também. Eu te amo, Charlie.

— Eu também te amo, Silas — respondo sem hesitar.

Quando seus lábios encontram os meus, deixo de sentir medo. Pois sei que, independentemente do que acontecer nos próximos segundos... estarei com Silas. Isso me tranquiliza.

Ele entrelaça nossos dedos e fala:

— Dez segundos.

Nós dois inspiramos profundamente. Sinto suas mãos tremerem, mas nada comparado ao quanto minhas próprias mãos estão tremendo.

— Cinco... quatro... três... dois...

Silas

O único barulho que escuto é a forte batida do meu coração. O restante do mundo está num silêncio assustador.

Meus lábios continuam levemente apoiados nos dela. Nossos joelhos estão encostados, os olhos, fechados. Nossa respiração se confunde enquanto espero para agir. Tenho certeza de que não perdi a memória desta vez. Assim, são duas vezes seguidas... mas não faço ideia do que aconteceu com Charlie.

Abro os olhos lentamente, buscando os dela. Continuam fechados. Observo-a por alguns segundos, esperando para ver qual será sua primeira reação.

Será que vai se lembrar de mim?

Será que não terá a menor ideia de onde está?

Ela começa a se afastar lentamente, as pálpebras se abrem. Há uma mistura de medo e choque em seu rosto. Ela se afasta por mais alguns centímetros, analisando meu rosto, então vira a cabeça e dá uma olhada ao redor do quarto.

Quando olha novamente para mim, meu coração afunda como uma âncora dentro do peito. *Ela não faz ideia de onde está.*

— Charlie?

Os olhos marejados se voltam para os meus, e ela rapidamente cobre a boca com a mão. Não sei se está prestes a gritar. Deveria ter colocado um bilhete na porta, como fizemos da última vez.

Ela olha para a cama, então leva a mão até o peito.

— Você estava de preto — sussurra. Ela olha para a almofada ao meu lado. — Estávamos bem ali. Você vestia uma camiseta preta, e eu ria, porque achei apertada demais. Disse que estava parecendo o Simon Cowell. Você me prendeu no colchão e depois... — Ela olha nos meus olhos. — E depois me beijou.

Assinto, porque, de alguma maneira... lembro de cada um desses momentos.

— Foi nosso primeiro beijo. Tínhamos 14 anos — afirmo. — Mas eu tinha vontade de beijá-la daquele jeito desde os 12.

Ela cobre a boca novamente e começa a soluçar de choro, seu corpo inteiro tremendo. Ela se lança para a frente, jogando os braços ao redor do meu pescoço. Puxo-a para a cama comigo, e tudo começa a voltar em ondas.

— A noite em que você entrou lá em casa escondido... — diz ela.

— Sua mãe foi atrás de mim com um cinto. Me perseguiu até que eu saísse pela janela do quarto.

Charlie começa a rir em meio às lágrimas. Estou abraçando-a, com o rosto pressionado contra seu pescoço. Fecho os olhos e penso em todas as memórias. Nas boas. Nas ruins. Em todas as noites em que chorou nos meus braços por causa do que estava acontecendo entre seus pais.

— As ligações... — continua, baixinho. — Todas as noites, sem falta.

Sei exatamente do que está falando. Eu ligava para ela todas as noites, e passávamos uma hora inteira conversando. Quando perdemos a memória, não conseguimos entender por que nos falávamos por tanto tempo, todas as noites, mesmo com nosso relacionamento desmoronando.

— Jimmy Fallon — constato. — Adorávamos o Jimmy Fallon. Eu ligava para você todas as noites quando o programa dele começava, e víamos juntos.

— Mas nunca dizíamos nada — continua. — Apenas víamos o programa juntos, sem falar nada, e então íamos dormir.

— Porque eu amava escutar sua risada.

Não são apenas as lembranças que estão transbordando, mas também os sentimentos. Tudo que já senti por essa garota está se revelando, e, por um segundo, não sei se consigo assimilar tudo.

Ficamos abraçados enquanto analisamos uma vida inteira de lembranças. Vários minutos se passam enquanto rimos das memórias boas, e, depois, mais minutos se vão enquanto sucumbimos às lembranças não tão boas. O sofrimento que nos foi causado pelas ações dos nossos pais. O sofrimento que causamos um ao outro. O sofrimento que causamos a outras pessoas. Sentimos cada pedacinho daquela dor, tudo de uma vez só.

Charlie agarra minha camiseta e enterra o rosto no meu pescoço.

— Isso dói, Silas — sussurra. — Não quero ser aquela garota novamente. Como podemos garantir que não somos mais as mesmas pessoas que éramos antes de tudo isso acontecer?

Passo o braço pelos ombros de Charlie.

— Mas nós *somos* aquelas pessoas — afirmo. — Não podemos apagar o que fomos no passado. Mas podemos controlar quem somos no presente.

Ergo seu queixo e seguro seu rosto entre as mãos.

— Charlie, precisa me prometer uma coisa. — Enxugo suas lágrimas com o dedão. — Prometa que nunca vai deixar de me amar de novo. Porque não quero esquecê-la novamente. Não quero esquecer nenhum segundo que passei com você.

Ela balança a cabeça.

— Prometo. Nunca vou deixar de amar você, Silas. E nunca vou me esquecer disso.

Inclino a cabeça até que minha boca encontre a de Charlie.

— *Nunca jamais.*

Fim

Epílogo
Vinte e poucos anos depois
Charlie

Silas ficou de trazer o jantar. Espero na janela da cozinha enquanto finjo lavar folhas para fazer uma salada. Gosto de fingir estar lavando coisas na pia só para poder ver quando ele entra na garagem.

O carro de Silas chega dez minutos depois. Meus dedos estão enrugados por causa da água. Alcanço um pano de prato, sentindo aquele maldito frio na barriga. É algo que nunca desapareceu. Pelo que ouvi falar, é algo raro de se sentir depois de tantos anos de casamento.

Quem sai do carro primeiro é Jessa, nossa filha, seguida de Harry, seu namorado. Normalmente meus olhos se voltariam para Silas depois disso, mas algo faz com que eu continue focada em Jessa e Harry.

Jessa é como eu: teimosa, desbocada e avoada. A única diferença é que eu era chorona, já ela costuma me matar de rir com suas tiradas. Gosto de Harry. Estão juntos desde o primeiro ano do colégio e planejam estudar na mesma universidade quando se formarem, no ano que vem. Costumam ser a epítome do amor adolescente, cheios de olhares encantados e muito carinhosos, como Silas e eu éramos. *E ainda somos.* Mas hoje Jessa está um pouco afastada, com os braços cruzados.

Harry vai até ela. *Devem ter brigado*, penso. Às vezes, Jessa gosta de flertar com o filho do vizinho, e Harry fica chateado.

Silas entra em casa um minuto depois e me abraça por trás, envolvendo-me com os braços e beijando meu pescoço.

— Oi, Charlie linda — cumprimenta, inspirando meu ar.

Solto o peso do corpo sobre ele.

— O que aconteceu com eles? — pergunto, ainda olhando pela janela.

— Não sei. Estavam estranhos no caminho até aqui. Quase não disseram nada.

— Xiii... Deve ser o filho gato do vizinho de novo. — Escuto a porta da frente bater e chamo Jessa até a cozinha. — Jessa, venha aqui!

Ela entra lentamente, sem Harry ao seu lado.

— O que aconteceu? — questiono. — Você parece assustada.

— Pareço?

Olho para Silas, que dá de ombros.

— Onde está Harry?

Jessa aponta para trás.

— Está ali.

— OK, bem, então vão se arrumar para jantar. Vamos comer assim que a salada estiver pronta.

Ela assente, e posso jurar que está prestes a chorar.

— Jessa — digo assim que ela se vira para ir embora.

— Sim?

— Estava pensando em irmos para Miami no mês que vem para comemorar seu aniversário. O que acha disso?

— É — responde ela. — Legal.

Quando Jessa sai, eu me viro para Silas. Ele está com a testa franzida.

— Não sabia que iríamos a Miami — afirma. — Não sei se consigo tirar folga no trabalho assim.

— Silas — digo, abruptamente. — O aniversário dela é só daqui a seis meses.

Sua testa relaxa, e ele abre a boca.

— Ah, verdade — diz. E, depois, a ficha cai. — Ah. *Ah*! — Silas leva a mão até a nuca. — *Merda*, Charlie. De novo, não.

Agradecimentos

OBRIGADA A CADA UM DE NOSSOS LEITORES.
VOCÊS SÃO NOSSO MUNDO.

TARRYN E COLLEEN

Este livro foi composto na tipografia Minion Pro,
em corpo 11/17, e impresso em
papel off-white no Sistema Cameron da
Divisão Gráfica da Distribuidora Record.